About my house is a magic power spot...

俺の家が魔力スポットだった件
～住んでいるだけで世界最強～

著 あまうい白一　絵 鍋島テツヒロ

ダイチ

魔力スポットの家に住む青年。その体に大量の魔力を貯めこんでいるため、人としてのスペックが規格外なものになっている。だが、望んでいるのは、普通に自宅で平穏に暮らす事のみだったりする。

「やっぱり我が家が一番だな」
「お昼ができましたよ、主様」

サクラ

魔力スポットの精霊。幼いころからダイチを見守っていた。異世界に来てダイチと親密な生活ができるようになり、嬉しくて基本的にテンションが高め。

「我が名は、ディアネイア。——ぜ、是非、
名前を覚えておいてもらえると、助かる」
「我、旅人だから。——知りたいこと、なんでも聞いて」

ディアネイア

都市プロシアの統治者にして、王族の一人。国でも指折りの凄腕魔法使いで、大魔術師の位を授かるほど。プロシアではナンバーワンの戦闘能力を誇る。

ヘスティ

竜が人化した姿。見た目以上に長生きしているため、知識も経験も豊富で、とても世話焼きな性格。出会ったダイチに、この世界の常識を教えてくれる。

Character

「朝っぱらから、
うるせぇぞアンタら!!」

「きゃあああああっ―――!?」
思わず強めに怒鳴った。瞬間――
目の前に暴風が発生した。

ウッドアーマー
《金剛》
「俺の家を脅かす敵は、
俺の力で打ち倒す！」

白焔の飛竜王
怒りのままに、魔力を込めて、サクラと杖に触れる。
使うのは、同期と魔法鍵。
そして今の今まで鍛錬してきた成果。

Contents

☆ About my house is a magic power spot...

ダッシュエックス文庫

俺の家が魔力スポットだった件
~住んでいるだけで世界最強~

あまうい白一

Prologue
目覚めると、異世界に自宅がありました

目覚めるとそこは異世界だった。

徹夜勤務と日中仕事のあと、つまらない忘年会に付き合ってから終電で帰ってきて、そのまま自宅（２ＬＤＫ平屋）の玄関で倒れこむようにして寝てしまったのだが、

「ええっと……？」

ここはどこだろう。

目を開けると、開け放たれた玄関の外は別世界になっていた。

俺の家は駅から離れているとはいえ、こんな鬱蒼《うっそう》とした森の中に建ってはいなかった。

それに、空にドラゴンは飛んでいなかったし、これは現実か。寝ぼけているのか。でも頬《ほお》をつねっても痛いし。

——あと、頭も痛《いて》え……。

二日酔いと寝不足が重なったのか頭痛がひどいな。

そう思って玄関の前で目をゴシゴシ擦《こす》っていると、外から声が聞こえた。

「おお、凄《すさ》まじい魔力だ!!」

甲高《かんだか》い女性の声だ。よく響く。

寝ぼけ眼《まなこ》で外を眺《なが》めると、玄関から遠く離れた位置に三角帽子をかぶった女たちがいた。

「し、しかし大魔術師様！　これだけ荒れ狂う魔力があっては、魔女隊でも制御《せいぎょ》できませんよ！」

「これ以上近づくのは危険です、魔女姫様！」

「う、うむ。これは予想以上に、強すぎるな！　これでは利用するどころか、触れることすらできない。流石《さすが》、世界最高峰の杖《つえ》があっても召喚《しょうかん》が限界だった地脈《ちみゃく》だな……！」

え、なんですか、この魔女っ子コスプレ集団。

外でなんかギャーギャー騒いでいるんですけど、朝から近所迷惑すぎないか。

魔女姫だか大魔術師だか呼ばれている金髪の女は、大声を出しながら近づいてきている。

こっちは寝不足で頭が痛いってのに。キンキンした声が頭に響く。

追い払おうか、と外に出て、

「朝っぱらから、うるせえぞアンタら!!」

思わず強めに怒鳴った。瞬間――


「きゃあああああっ――!?」


目の前に暴風が発生した。

そして、その風を浴びて、魔女たちは思いっきり吹き飛ばされた。

「……あれ？」

声を荒らげて追い払おうとしただけなのに、なんだこれ。

十人くらいがまとめて吹っ飛んで後方の木に激突してしまった。

「ひ……あ……なに……あれは……」

「魔力の渦《うず》がぶつかってくるなんて……ば、ばけもの、か？」

魔女たちはフラフラと立ち上がったが、こちらを見る目が大きく変わっていた。それこそ化《ばけ》物《もの》を見るような、恐怖を覚えているような目になっている。

「ご、御免《ごめん》なさい……殺さないで……!!」

「ふ、ふえ……え……」

「あ……う……」

泣いていたり、へたりこんでいたり、おしっこを漏《も》らしている子さえいる。

ただの怒声《どせい》が大惨事《だいさんじ》だ。

「こ、これは……だ、大魔術師さま！」

「う、うむ、これ以上、刺激するのは不味《まず》い！　一旦《いったん》、離脱だ！　――緊急テレポート！」

「りょ、了解です！　――緊急テレポート！」

叫んだと思ったら、バシュン、とその姿を消してしまった。

なんなんだ、人の顔を見て化物とか失礼な。

玄関に備え付けの鏡を見ても、ただの無精《ぶしょう》ひげを生《は》やした男しかいないのに。

「魔女に、瞬間移動とはね。本当に異世界に来ちまったんだな。……すげえなあ」

俺は年甲斐《としがい》もなく、現状にワクワクしていたんだ。

歩いて1時間
歩いて数十分
街道
戦闘ウサギが
中心的支配
竜の谷
人狼が
中心的支配
平原
プロシア
ダイチ宅
街道
魔境森
湖
我が家の
周辺地図
ずっと南に
武装都市

Chapter 1
可愛い我が家とその周辺

「あの魔女たち、家の魔力がすげえとかなんとか言ってたけど……普通だよな」

家の中を散策《さんさく》したが、全く変わりのない、築六十年の愛すべき我が家であった。

家具も家財も何もかもそのまま、家ごと異世界に来てしまったらしい。

ともあれ、異世界に来てしまった以上は仕方ない。

ここで暮らす方法を確立しなければいけない。

「まずは衣食住、なわけだが……」

寝床《ねどこ》はある。

着るものは、タンスにしまってある。

食べ物は、冷蔵庫の中身がどうなっているかは分からないが、缶詰《かんづめ》などの保存食、あとは数ケ月分の生《なま》ゴメがある。

——アレ？　意外と問題なく生活ができるな。

もうちょっとサバイバルなことを予想していたんだが、六十日は持つ。

六十日で、この世界で食べるものを探したりすればいいか。

「ふああ……安心したら眠くなったな」

酒も残っているのか、頭がぼーっとする。

……明日のことは明日、考えればいいか。

とりあえず二度寝しよ、と布団《ふとん》のある部屋に向かう。

「お休みー」

そして布団にくるまり、寝ようとしたら――

「逃げろおおおおおお!!」

大窓の向こうから、杖《つえ》を持った魔女たち数人が大声を出しながら、走って戻ってくるのが見えた。

いや、正確には、追いかけられていた。


「グオオオオオオオオオ!!!」


彼女らの背後には、竜がいたのだ。

森を這《は》うようにして飛んで、時折、炎の塊《かたまり》を地面の魔女たちに叩《たた》き込んでいる。

「まさか、――緊急テレポートした先に、飛竜《ひりゅう》の巣があるとは。……しかし、残った魔力で、数人の未来ある民を逃がせただけ、良かったとしようか」

「魔女姫さま！　ここは私たちが抑えますから、どうかお逃げを！　……さあ、向かって来い飛竜よ！」

そんな悲痛な声と共に、魔女たちは竜に立ち向かうが、

「どこに逃げろと言うのだ。背後には魔力の化物《ばけもの》、前方には飛竜。そして私にはもう魔力など

残っておらん。これでは逃げ場などない。それに、——私も王族の一人だ。自国の民を見捨てるようなことは、できん。ならば化物よりも竜を相手にして散った方がマシだ！　私が前に出よう！」

「姫さま……」

なんて男らしいセリフと、ドッカンドッカン、という音が聞こえてくる。

「………」

俺は布団に横になっている。

寝かせてほしい。

なのに、外では工事現場のような音が響いている。

「くう……火炎のブレス……!!　魔法防護を抜いてくるか！」

「姫さま！　姫さま——!!」

——いや、工事現場よりもひどい。

ドンパチドンパチ、常《つね》に爆弾が爆発しているような感じだ。

震動もデカくて体を思いっきり揺さぶられる。

そしてなにより、

「く、これはもう、避《よ》けられん……」

「ひ、姫さまああああああ!!!!」

甲高《かんだか》い声が聞くに堪《た》えない。

「……もういい」

ブチリ、と寝不足の頭に火がついた。

本当に迷惑ばっかりかけてくる連中だ、と俺は玄関を開けて外に出て、

「うるッせえ！　二度寝させろッッ!!」


二連の叫び。

さっきよりも大きな力を込めて放った。

「っ……!?」

「ガアアッ……！」

瞬間、先ほどよりも強力な暴風、魔力の渦《うず》が吹き荒れる。

「——!!」

炎のブレスを吐いている最中の竜と、それに立ち向かう魔女数名。

俺の叫びは、その二つを、まとめて吹き飛ばした。

「ゴッ……ォ……!?」

特に体のでかい竜は衝撃をまともに食らったらしい。

「……ゥ……」

巨大な体を地面にしたたかに打ちつけて、そのまま動かなくなった。

「……ったく」

朝から二回も三回も大声を出させないでほしい。

頭が痛いんだ。眠いんだ。

「ひ……ぅあぁ……」

そして、魔女たちはさっきと同じような体勢でびくびくしてるし。

「全く……さっさと帰れ。俺は寝たいんだ」

吐き捨てるように言うと、魔女たちはのろのろと立ち上がった。

そして、ふらふらと去っていこうとしていたが、

「おい待て、そこの姫とかいう奴《やつ》」

「ひゃあああッ!?」

姫と呼ばれていた金髪の魔女に声をかけたら、盛大に震えあがって、その場に立ち止まった。

「……ただ、呼びとめただけだろうが」

なのに姫は、股《また》からジョババと蒸気《じょうき》の立つ液体を流していた。

この魔女たちは、何度お漏《も》らしすれば気が済むんだ。

俺の家の周りを立ちションポイントにするんじゃない。

「……な、なんの、ごよう、だろうか……。私はともかく、せめて民の命だけは……」

「命とかは知らんし、ビクビクしなくていい。ただ、そのデカブツは持っていけ。ここに置かれても邪魔なんだよ」

言うと、魔女姫は目を丸くした。

「ひ、飛竜だぞ？　腕利《うでき》きの冒険者が十人で囲まないとまともに倒せない、飛竜なんだぞ？」

「だからどうした？」

「鱗《うろこ》は高値《たかね》で売れるし、心臓は魔法の触媒《しょくばい》として、どの宝石よりも高い価値を持つ。そんな飛竜《宝》を、私たちによこすというのか!?」

「だからどうしたってんだよ」

よこすも何も、こんなデカブツを家の前に置かれても困るのだ。

死んでいるのだとしたら面倒《めんどう》だ。ただのデカイ生ごみだし。

「アンタたちがどう思っているのか知らないが、俺はいらない。だから処分しろ。そしてしばらくここに近づかず、俺をゆっくり寝かせろ。いいな」

「わ、分かった……」

そう言って、魔女姫は、杖を構えて竜に触れた。

それだけで竜はふわりと持ち上がる。

魔法というモノがこの世界にはあるんだな、と改めて実感できる光景だ。

「わ、我が名は、ディアネイア・プロシア・メディスン。この国の第二王女だ。この恩は、きちんと返す。ぜ、是非《ぜひ》、名前を覚えておいてもらえると、助かる」

魔女姫は言葉を選びながら喋《しゃべ》っているようだった。

何を怖がっているのか知らないが、

「とっとと帰れ」

「わ、分かった！　この礼は必ずするからな！　お、覚えていることだぞ！」

と、魔女姫が三下《さんした》悪役みたいな言葉を吐いて、持ち上げた竜と共に走り去っていく。

それを尻目《しりめ》に、俺は家の布団に舞い戻るのであった。

竜と魔女たちを一声で一掃《いっそう》した後、

布団にくるまる俺を揺する声が聞こえた。

「主様《あるじ》、主様……」

「んん……なんだ……」

「お昼ができましたよ、主様」

目を開けるとそこには、可愛《かわい》い和服の女の子がいた。

というか膝枕《ひざまくら》してくれていた。

とてもやーらかくて、とても温かい。

「三度寝しちまう……」

「ふふ、主様ったら……」

明るい色の髪の毛をさらりと揺らして彼女は微笑《ほほえ》む。

でも、あれ？

なんでこんな子がウチにいるんだ。

そう思うや否《いな》や、ガバッと顔を上げて周りを確認する。

「……俺……家の鍵《かぎ》、閉め忘れたっけ……？」

「いいえ、しっかり閉まっていましたよ。そもそも私は主様以外を入れたりしません」

そうなのか。だとしたら、

「……なんで俺の家に女の子がいるんだ？　あんたは誰だ？」

「あっ……申し遅れました。私はサクラと申します。主様が所有されている、今お住まいの家の精霊です」

ほうほう、家の精ときたか。

なるほどね、流石《さすが》は異世界。

我が家が可愛い子に擬人化《ぎじんか》するとは。

「私も驚きです。こちらの世界に来たことで、存在が濃くなりましたから。生まれて数十年、ようやく主様と面会することができました。このサクラ、主様の所有物として、とてもうれしく思います」

サクラは頬《ほお》を染め、頭をぺこりと下げて、その場で三つ指をついて言ってきた。

その頭には、桜の花弁をかたどった髪飾りが付いている。

「さくら……さくらか」

そういや、我が家の大黒柱《だいこくばしら》は山桜の木だったような気がする。

名前はそこから来ているのだろうか。

「感動です……！　主様に存在を覚えていてもらえるなんて……!!」

言うとサクラは顔を赤らめて喜んでいる。

祖父がずっと言い続けてくれたので覚えていたのだ。

『――これだけ立派《りっぱ》で太く長い桜の大黒柱は珍《めずら》しいんだぞー』と。

「ありがとうございます。そして事後報告になりますが、勝手ながら冷蔵庫の中身を使ってお昼ごはんを作らせていただきました」

「え？　冷蔵庫って動いてるのか？」

電気とか必要じゃないんだろうか。

「電気は魔力でどうとでもなりますから、家電は全《すべ》て使えますよ。水道は井戸水ですし、水も問題なく使えます」

「おいおい、すごいな魔力。何でもありか」

「はい。それに世界を移動して、お腹《なか》も減っているでしょうし、どうぞ召し上がってください」

「おう、ありがとう」

そして、サクラの用意した昼ごはんを食べながら、俺は彼女に尋《たず》ねてみた。

「なあ、サクラ。君はこの世界のことも知っているみたいだが、なんでこの家と俺が召喚《しょうかん》されたんだ?」

魔女の奴らは魔力がどうのこうの言っていたけどさ。

「それは主様の所有する私——つまりこの家と土地が、魔力を貯《た》めこむ魔力スポットだったからなんです」

「へー、魔力スポットねえ」

いかにも魔法とかに関《かか》わってきそうなワードである。

そういえばさっきの魔女っ子連中は地脈《ちみやく》とか言っていたっけ?

「あの小娘たちは理解が浅いので混同していますが、正確には龍脈《りゅうみゃく》と言います。まあ、力のたまり場と言った方が分かりやすいのですが」

なるほど。専門用語とかは微妙に分からないが、力がいっぱい集まっている場所だった、ということか。

「いえ、場所だけではありません。主様にも、同じだけの力が集まっています」

「ええ？」

「……もしかして、主様は気づいていないのですか？　その体に貯めこまれた力に」

貯めこむ？

ちょっと意味が分からない。

俺が貯めこんでいるのは、社畜《しゃちく》時の慢性疲労と、二十数年分の愚息《ぐそく》の使い道くらいじゃなかろうか。いや、下ネタに走ったけど、実際、特別な何かが貯《た》まっている実感はない。

「いえ、そんなわけはありません。生まれた時から私に住んできた主様には、龍脈のエネルギー、つまり魔力がパンパンに貯めこまれているのですから」

「そういえば、怒鳴っただけで物凄《ものすご》い衝撃波が出たな」

もしかしてあれのことか。

「はい！　ただ、それは力の一端《いったん》。ほんの片鱗《へんりん》ですので――論より証拠。色々と使って確かめた方が実感できると思います」

「おう、そうか。じゃあ、この後使ってみるよ」

にこにこと微笑むサクラ。

そんな彼女と共に、俺は、魔力の使い方を調べることにした。

サクラと共に、家の外に出た。

家の周囲は、魔女とドラゴンが争っていたこともあり、酷《ひど》いありさまである。

周辺の木々は根こそぎ折れたり、燃えて炭《すみ》になったりしている。大きな穴も沢山《たくさん》できていて歩きづらい。

全く、人の家の周りで好き放題し過ぎである。

「では、魔力を使ってどういうことをしたいですか、主様」

そうだな。二度寝してすっきりしたから、ようやく頭が回り始めた。

まずは現状と今後のことを考える。

衣食住のうち、衣住は確保済みだが食はしばらくは困らない程度しかないんだよな。

「だから、なにか食いものを作ったり、獲物《えもの》を捕らえたりしたいな」

「かしこまりました」

そう言って、サクラは懐《ふところ》からリンゴを一つ取りだした。

「これは冷蔵庫に入っていたリンゴなのですけれども、使ってもいいですか?」

「ああ、構わないよ」

ずっと前に買ったはいいけど、食べる暇《ひま》がなくて萎《しな》びさせてしまったものだしな。

「では、これを割って、種《たね》を出して埋めます。——はい、主様。これであとは成長させるだけで、リンゴの補給が無限にできます！」

「いや、だけって言われてもな」

桃栗《ももくり》三年、柿《かき》八年って言うし。リンゴはもっと時間がかかるんじゃないのか？

「大丈夫です。主様は魔力が使えるのですから。樹木の成長くらい楽勝です」

「ホントかあ」

今まで叫んでうるさいやつらをぶっ飛ばすことはできたけど、それ以外の使い道があるのか。

「そうですね。では、慣れないうちは私を仲介《ちゅうかい》にすると楽ですよ。主様の魔力は既に私と同調しておりますので、ご自由に私をお使いくださいな」

「使うって……？」

「私の体に触れてください。そして、イメージしてください」

触れろって、どこに触れればいいんだ？

「できれば頭でお願いします」

そう言われたものだから、俺はサクラの頭に手を置く。

「あ……」

嬉《うれ》しそうな顔をされたが、ここからどうすればいい。

「リンゴの木が育つイメージをしていただければ、あとは私が調整します」

それだけでいいのか。じゃあやってみよう。

樹が育つにはまずは発芽《はつが》だろう。発芽をイメージ。すると、

「おっ、芽が出た！」

目の前の土が盛り上がり、芽が突き出てきて、リンゴの苗《なえ》が出来上がった。

凄《すご》いな、ほんの数秒でこれか。

「この調子なら――もっと段階をすっ飛ばしても大丈夫か？」

「んんっ……は、はい。お任せください」

そうか。ならば次はいきなり、リンゴの樹木が立っているのをイメージした。すると、

「うおっ」


グオオッっという勢いで、リンゴの大木が立ち上がった。


「せ、成長完了ですね」

成長速度がすごいな。促成栽培《そくせいさい》とかいうレベルじゃないぞ。

リンゴの大木が一瞬で育ってしまった。

どういう仕組みか分からないが、早回ししたように花を咲かせて、赤々とした実までつけているし。

食べてみたら、新鮮で、甘くて、美味《うま》い。

「なるほど。これが、魔力の使い方なのか」

「はあ……ふう……そう、これが主様の魔力のなせる業《わざ》です！」

サクラは胸を張って称賛《しょうさん》してくる。

何故《なぜ》か頬を上気《じょうき》させて、肩で息をしているけれども。

「ん？　どうしたサクラ。疲れたのか？」

「いえ、ちょっと、気分が高揚しているだけです」

そうか。でも高揚するのも分かるな。

凄いな魔力って。

電気の代わりになったり樹木を育てたり、万能《ばんのう》の力じゃないか。

「今度は一人でやってみよう」

思い立ち、今しがた出来上がったばかりのリンゴの果実をもぎる。

それを、適当な穴に埋めて、

「大きく生育しろ……!!」

言葉と共に強く念じた。それだけで、

「――」

グオッと、もう一本の大樹が出来上がった。

むしろ、さっきよりも巨大で、青々とした樹である。

しかも広範囲に根を張って、でこぼこした地面をならしてくれた。

「お見事です、主様！　一発で感覚を摑《つか》んだのですね！」

感覚も何も、頭でイメージするだけの簡単なお仕事だ。

それだけで木が育つ。

「魔力の行使って、超ちょろいな」

こんなに簡単なら、他のことにも応用できるだろう。

食糧《しょくりょう》問題も容易に解決できそうだしな。

色々と試してみようか。


ぐう、と腹が鳴る。

「腹が減ったな……」

大量の魔力を使うと、腹が早く減ることが分かった。

調子に乗ってリンゴの木を生《は》やしまくってしまったのが原因かもしれない。

「でも、こっちのほうが景観はいいしな」

家の前にリンゴ畑ができている。いい景色だ。

ただ、それと引き換えに空腹感に見舞われている。

「おやつでも作ってきましょうか、主様？」

サクラはそう言ってくるが、この減り具合だ。

おやつ程度じゃ物足りない。

「肉が食いたいな」

「お肉ですか」

できれば、缶詰とかじゃなくて新鮮な肉がいいのだが――

「あ」

空を見上げると、ちょうどよさそうな肉が飛んでいた。

「ドラゴンって食べられるんだよな」

「はい。私が自然の木々から聞き集めた情報によれば、美味な部類とのことです」

そういえば魔女姫も言っていたっけ。高値で取引されるって。

ならドラゴンでいいか。ドラゴンを食おう。

魔女たちにあげたのは、ちょっと惜《お》しいことしたけど、また獲《と》ればいいのだ。

そもそも、アレはでかすぎたしな。

「今回は、手ごろな大きさの竜をっと……」

空をじーっと見て探す。

どうやらこの魔力、体にもいい影響を及ぼしているみたいで、視力が上がっている。

だから、空を飛ぶ竜の大きさ程度は比較できる。

大きいの、中くらいの、超大きいの。うようよと飛んでいるけれど、
小さい分、他よりかなり動きが速く見えるが、大きさ的にはちょうどいい。しかも、
その中でも、小柄なのがいた。

「おっ、いい獲物がいた」

「――」

その小さな竜は家の近くの低空を煽《あお》るように飛んでいて、家を軋《きし》ませてくるのだ。

というか、今、翼を当てようとしてきたし。

このままだと、竜の攻撃で家が損壊《そんかい》しかねない。

非常に迷惑な害獣《がいじゅう》だし、このままにしておくわけにもいかない。

……ちょうどいいから、狩《か》ってやる。

外皮が虹色《にじいろ》だが、まさか毒ってこともあるまい。

「あ、聞き忘れていたけど、サクラってドラゴンの肉をさばいたりできるか？」

「ええ、お任せくださいご主様。情報を集めるついでに、一通りの知識は学んでおりますので。

それに、魔力があれば何でもできますとも」

頼もしい自宅である。ならば、さっさと獲物をゲットせねば。

「俺は肉を食いたい!!」

心のままに、俺は大声を天に向けて放った。

そのまま声は衝撃波となって、突き進み、命中するが、

「──!?」

小柄なドラゴンは、突如《とつじょ》として身をひるがえした。

避けられたか。

いや、ちょっとはかすった筈《はず》だが、それでも落ちて来ない。

「ふむ、この声じゃ射程距離が短いのか。威力《いりょく》も弱まってるぽいし。避けられちまった」

大声の射程は、経験上、恐らく数十メートルはある。

だが、ドラゴンは地上から百メートル以上離れていたから、勢いが減衰《げんすい》していたのかもしれない。

「なら、避けられないようにすればいいか」

俺は、二本のリンゴの木に魔力を使う。

「──天を突け！」

命令されたリンゴの木は、俺のイメージ通り、天高く伸びる！

そして、その身をもって、ドラゴンの前後をふさいだ。

「～～!?」

進路と退路をふさがれたドラゴンは混乱し、一瞬止まる。

今がチャンスだ。

今度は大きく息を吸って、意思をもって叫んだ。

「落ちろッ!!」

「グギアアアアアッ……!!」

先ほどよりも速い衝撃波がドラゴンの方に突き進み、ブチ当たった。

虹色ドラゴンはそのまま墜落《ついらく》してきて、どうっと倒れた。

「よし、狩り完了」

地面に落ちた竜は全く動かない。

仕留《しと》めたようだ。

どうやら魔力というものは、目的を明確に伝えた方が威力も上がるらしい。

二重の意味でいい収穫だった。

「よしよし、肉だ肉だ」

小柄といってもドラゴンはドラゴン。

体長は一メートルほどもある。食いでがありそうだ。

「大物ですね、主様」

「おう、さばいてくれ。腹が減った」

「了解です」

そのままドラゴンにはステーキになってもらった。美味かった。

血液や骨などの残滓《ざんし》はリンゴ畑の傍《そば》に埋めて、肉の残りは魔力で作った氷で冷やしておくことにした。

自給自足生活もなかなか悪くないもんだ。


メディス王国、第二王都プロシアの城内。

その中で魔女姫、ディアネイアは業務に追われていた。

というのも先日、偶然手に入れた飛竜が想像以上の高値で取引されたため、街にかなりの金が入ったからである。

「これをどう使えばいいものか。私の頭では追いつかんな……」

第二王女の仕事として、この街、第二王都プロシアの政務を担当している。

だけど、大魔術師の位《くらい》まで上り詰めた魔法以外はてんでだめだった。

そんな自慢の魔法も、あの優しい化物には通用しなかったし。

……情けないな。

などと、執務机で吐息《といき》をついていると、

「ディアネイア様！　失礼します。騎士団からの報告がございます！」

銀の鎧《よろい》姿の男が、執務室に駆け込んできた。

「なんだ、騎士団長。ノックもなしに、そんなに慌《あわ》てて」

「これは失礼を。ですが、朗報《ろうほう》でして！　喜ばしいことに、竜の谷から飛来する、飛竜の数の低下が観測されたのですよ」

「本当か!?」

竜の谷、というのはこの王都の西にある森――《魔境森》を挟《はさ》んだ向こうにある竜の生息地だ。

毎年のように飛竜はプロシアの街や行商人を襲《おそ》う。

なので、その被害には長い間悩まされていたのだが。

「既に、現在でも、その被害数が目に見えて減っております！　特に《魔境森》からの飛来数が減っておりまして、この調子ならば冒険者に依頼を出す必要もないかもしれません」

「そうか……それは確かに朗報だ」

魔境森はモンスターや魔獣、ドラゴンが平然と闊歩《かっぽ》している土地だ。

隣接する自国としては常に、冒険者を雇《やと》ってでも、危機管理しておく必要がある。

だけれども、竜の数が減っているのであれば、そこまで金をかけなくてもいいだろう。

「良い報告をしてくれたな。ありがとう」

「はい。――ああ、それともう一つ情報がありまして」

「む？」

騎士団長は声のトーンを落とした。

「これは、極秘《ごくひ》としている情報なのですが、なにやら《魔境森》へ、血を流して落下していく《極飛竜》を見たとの報告が」

「《極飛竜》だと!?　あれが落ちたのか!?」

極秘竜は竜として最上位クラスの個体だ。

非常に小さな体と虹色に輝くウロコが特徴的な飛竜で、魔法対抗力と機動力に優《すぐ》れており、並の魔法は通らない。

速度は飛竜の中でも随一《ずいいち》で、この街にいる騎士団の一個中隊をあっというまに食い散らかした強力な個体だ。なのに、

「そ、それは、どうやって落ちたのだ?」

「なんでも、地上からの攻撃を受け深い森に落下して、戻らなかったとの報告が」

「……」

「その攻撃は、異常なほどの魔力密度を誇《ほこ》る衝撃波だったとのこと。観測者はそれを捉《とら》えようとした余波《よは》で気絶して、それ以上の観察はできませんでしたが、いずれ探索を……」

「——探索してはならん!」

ディアネイアは思わず、声を荒らげた。

普段は物静かである筈の、彼女の変貌《へんぼう》に、騎士団長は、息をのむ。

「ひ、姫さま?」

「……いいか、騎士団長。あそこには、探索隊や視察を出したりしてはならん」

絶対に、そんな不作法はしてはいけない。

「あそこは、探索ではなく『訪問させていただく場所』なのだ」

ディアネイアの声色《こわいろ》が段々と怯《おび》えを含み始める。

その手は震え、顔も青ざめていく。

ああ、思い出しただけでも怖いのだ。

それは騎士団長にも話して伝えてある。

「ま、まさか、姫さまが召喚したという、地脈の男が竜を……」

「ああ、だから、近づいてはいけないぞ騎士団長。あそこには、私の恩人である、とびきりの化物がいるんだから。相応の時が来るまで、絶対に行ってはならん」

「は、はっ――了解いたしました！」

騎士団長が慌てて退出していくのを見ながら、ディアネイアは汗《あせ》をふく。

思い出すだけでも、恐ろしく、そして、力強い、あの化物。

「――ん？」

ふと気づくと、股間《こかん》が湿っていた。

「……思い出しただけでも、これか。どうにも緩《ゆる》くなっているな、私は」

はは、と震えながら、ディアネイアはパンツをはきかえる準備をするのだった。

白の月　18日　午前1:20

先日、飛竜を売却して得られた資金で、

ギルドなどの公共機関の整備をすることができた。

そのお陰で冒険者や旅人たちからのウケもよくなり、

街の評判も上がったようだ。

出金が多い今時分の臨時収入は、とてもありがたかった。

……だけど、それだけに地脈の男の力を認識せざるを得ない。

国宝の杖を砕いてまで召喚しただけあって、

地脈の男も土地も凄まじすぎる力だった。

竜を軽々倒す人間なんて、これまで見たことがなかった。

今後、彼との関係がどうなるか分からない。

私の生命にもしものことが、あるかもしれない。

だからひとつの情報源として、この日記は書き続けようと思う。

——弱音は出来るだけ、

この個人の日記の中だけで留められるように頑張ろう。

Deianeia

Chapter 2
自宅防衛戦（半オートマチック）

魔力を使うと結構疲れる。
腹が減るだけならいいが、眠くなることが本当に多い。
だから昨日は夕方から爆睡《ばくすい》して、今はもう昼。
……ああ、惰眠《だみん》をむさぼるのは最高。
朝六時に家を出て、終電で帰ってくるような生活をしていた時とは比べ物にならない。
むしろ寝過ぎて元気があり余り、日中に家の周囲を散歩してしまうくらいだ。
「でも、あっちもこっちも木と岩しかねえな」
鬱蒼《うっそう》とした森の中だからか、地表には変な動物や変な虫しかいない。
ギャーギャー鳴いている竜とかは飛んでいるけど、空の彼方《かなた》だ。しかも、
「ぴ、ピギィ!!」
地面に俺がいるのに気づくと、鳴くのをやめて、必死の勢いで逃げていく。
完全に避けられている。
叫び一発で竜を吹っ飛ばしたのが原因なのか。
……肉の備蓄《びちく》はあるから狩《か》る気はないんだけどな。
平和なのは良いことだ。
散歩して帰るまで、いたって平和である。
「ただいまー」

「お帰りなさいませー」

そして家に帰ると、サクラが温かな昼飯《ひるめし》を作って出迎えてくれる。

幸せである。

異世界での実家暮らしサイコー、なんて思っていたら、

「主様《あるじ》。モンスターが近づいてきています」

問題が発生したよ。

モンスターだって？

スライムとか、そういうのか？

昼飯時なのに、また近所迷惑な輩《やから》が来たのか、と窓の外を見ると、

「ぐはは、こんなところに、魔力だまりがありやがる……」

窓の外に複数の人影が見えた。ぼそぼそと言葉も喋《しゃべ》っている。

「あれがモンスターっていう奴《やつ》なのか？」

「亜人《あじん》とも言いますね。本能に忠実な、知能ある人型の動物たちです」

人狼《じんろう》とでも言えばいいのか。獣人《じゅうじん》と言えばいいのか。

犬の耳を生《は》やした毛深い男どもがこちらを窺《うかが》っていた。

しかも、一カ所からだけではない。

「オサ！　配置につきました！」

「絶大な魔力……ここにこんなものがあったとは……我ら人狼の一族にふさわしい。この森の頂点に立つ一族にぴったりだ」

声を聞くに、どうやら複数に分かれているようだ。

「必殺の陣、用意はいいか？」

「準備万端《ばんたん》です、オサ！　中にいるであろう存在はどうしますか⁉」

「決まっている！　戦士の街を一つ滅ぼした陣形《じんけい》だ。あの時と同じく、一息《ひといき》に食らうぞ！」

「ウオオオオオオオオオオオ‼‼」

すごくやかましい奴らが、家の周囲にぐるりと何十体もいた。

それぞれが分厚い剣とか、槍《やり》とかを装備していた。

「……なにがしたいんだあいつら」

「私たちの魔力に引かれてきたんですよ。だから、侵入してこようとしているんです」

「まーた、魔力狙《ねら》いか」

どいつもこいつも言うことは一緒である。

「うっせえ、って怒鳴りたいけど……怒鳴った後で飯《めし》は食いたくないんだよなあ」

せっかくの美味《おい》しい昼飯を、怒りやイライラで邪魔されたくない。

そもそも数が多いので、怒鳴って吹き飛ばすのも手間《てま》だ。

「あ、それでしたら、私をお使いくださいい」

「サクラを使う?」

「はい。以前、私を媒介《しょくばい》に魔力を使ったように、今回も私を使って、家の周囲にあるものを追い払い用のトラップとしてはたらかせれば楽に終わります」

おお、そんな便利機能があるのか。

「家から出なくても追い払えるのか、凄《すご》いな」

「はい。主様の魔力があれば、せん滅することだってできますよ」

それはいいことを聞いた。

さっそく使わせてもらおう。

「それでは、私に触れてください」

サクラが俺の隣にちょこんと座る。そんな彼女の肩に手を置くと、

「んっ……」

ピクリと彼女が震えた。瞬間、

「――これはすげえな」

家の俯瞰図《ふかんず》、そして全体像が俺の脳裏《のうり》に浮かんだ。

「現在、私の知覚を主様に同期しています。なので、好きな所に魔力を流し込んでもらえれば、私が同期して、罠《わな》が仕掛けられます」

流石《さすが》は家の精霊。

俺の家の敷地周辺の様子が直感的に分かる。

そして、異物が存在しているのも。

六十五体の奴らが俺の領地に入ろうとしているのを理解した。だが、

——そこは俺のテリトリーだ。


「勝手な侵入は許さん」

俺は魔力を行使する。

対象は家の周りに設置したリンゴの木々。

今回は最初から全力で。

「立ち上がれ、ウッドゴーレム……!!」

俺の魔力とイメージを受け取ったリンゴの木々は、その通りに立ち上がった。

侵入者を排除《はいじょ》する、兵として。


人狼の長《おさ》は突然の事態に驚愕《きょうがく》していた。

なにしろ、近場にあったリンゴの木がいきなり巨大化し、動き始めたのだから。

「な。なんだ、こいつは！」

「お、オサ！　ぶ、部隊との連絡《テレパス》が途切れました」

「二番隊、二番隊!?　――くそっ、全部吹き飛ばしやがったのか！」

常《つね》に連絡しあい相手を高速で包囲する必殺の陣。

それがもう崩壊《ほうかい》していた。

「なんなんだ、この生物は」

「い、いや違います、オサ！　この魔力は、生物じゃない。ゴーレムです」

「バカ言うな。こんなバカでかいウッドゴーレムなんかいてたまるかよ！　せいぜい人間大だろうが」

人間大の動く像、それがゴーレムという兵器だ。

なのに、目の前にいるのは違う。

地響《じひび》きと共に、ウッドゴーレムは歩いてくる。

一歩ごとに足元の根っこから養分を吸い取り、どんどん育つ。

どんどんでかくなる。

見上げても頭が見えないくらいに。

人狼たちは、動けなかった。

「なんだよ、この巨人は……！」

その巨大な拳《こぶし》が、目の前に迫るまで。

ウッドゴーレムは指令を受け、その通りに行動した。すなわち、

——やれ、ウッドゴーレム。

「——!!」

叫ぶことなく、巨大な拳を振り抜いた。

その圧力は家の周囲にいた人狼をまとめて、森の奥の奥まですっ飛ばした。

「うぎゃああああああああああああ!!」

そのまま、彼らは戻ってくることはなかった。

もう、家の周りに異物はない。

「お見事です、主様! ゴーレム、上手《うま》く動きましたね!」

「リンゴの木を育てつつ、他にできることがないかってやってみたら、意外と機敏に動いてくれたからなー」

ゴーレムは何体か練習で作っていたけれど、こうやって使うのは初めてだ。

ぶっつけ本番にしては、配置型トラップとして優秀なモノができたよ。

「——ま、それはともかく、それじゃ、昼飯にしようか」

「はい！　ご飯よそいますね」

それから俺は、のんびりと、昼飯を食べることにした。


翌日。

昨日人狼の集団が襲《おそ》ってきて気づいたことがある。

「いちいち、俺が応対するのも面倒《めんどう》だな」

玄関や窓から出て、怒鳴り散らしたり、その場で毎回トラップを作るというのは、手間がかかる。

なので、先んじてトラップを作っておくことにした。

「位置はこの辺かなあ。サクラ、ちょっと来てくれ」

「かしこまりました」

使うのは、やはりリンゴの木だ。

他に素材があったら別の罠を作るが、今あるものならリンゴの木が一番使いやすい。

「この辺に、リンゴの木の根っこがあるから、魔力で急成長できるようにしよう」

「はい。では、どうぞ」

サクラの体に手を触れつつ、地面に魔力を通していく。

——設置完了。

あとは魔力で起動させるだけで、地面から大きな根っこが跳《は》ねあがる仕組みになった。

これで、乗っかった異物を遠くの空まで吹っ飛ばしてくれるだろう。

「んぅ……完成しました、主様」

「よしよし、じゃあ次だな」

罠を張っていると、なんだか俺だけの庭造《にわづく》りをしているようで楽しくなってきた。

そんな風に楽しみながら仕掛けを施《ほどこ》していると、

「主様、また、来ていますね」

「あん？」

また、俺たちの目の前に人狼たちが来ていた。

設置した罠の餌食《えじき》にしてやろうか、とも思ったが、今回は数人しかいない。

これなら罠を使うまでもないな。

……そもそも、身なりがきれいな気がする。

ちゃんとした服も着ているし、やけに物静かだ。

殺意でギラギラした目はしておらず、むしろ怯《おび》えているような顔をしていた。

「何しに来たんだ、お前ら」

そう聞いたら、人狼たちはいきなり平伏《へいふく》した。

「我らが王よ……我らは魔境森を治める人狼の一族と、いいます」

そして、一番先頭にいた人狼が、使いなれていない敬語を使いながら、なにやらモゴモゴと喋り始めた。

「はあ、それで？」

「我々は貴方様《あなた》を王と認め、降伏《こうふく》します………その証《あかし》、お受け取りください」

彼が両手で差し出してきたのは、銀色のベルがついた首輪だ。

なんでこんなものを俺に渡してくるんだ。飼えとでも言うのか？

「これは、人狼の一族に伝わりし宝具《ほうぐ》。我々が真に使えるべき強者に出会った時、長《おさ》から強者へ渡す、忠誠の証です」

いや、別にいらないんだけど。

王様になった覚えもないしさ。

「わ、我々が敵対しない、という決意の表れです。ここに置かせていただくだけで結構です。なにとぞ、お納めください」

と、彼らはそう言ってその首輪を地面に置いた。

手がぷるぷると震えているのは、緊張か何かか。

ともあれ、やっぱり首輪はいらないし……むしろただの置物になるので持ち帰ってほしいのだが。

「で、では、森の木の枝にでも、掛けておきます！　我々の力が欲しい時は、遠慮なくベルを鳴らしてください。我々は貴方に、敵対することは、ありませんので」

焦《あせ》ってしつこいくらいに敵対しないことを言ってくるが、もう分かったってての。

「おう、分かったから帰れ帰れ。俺は今、庭造りに忙しい」

「りょ、了解です。が、その前に、こちらを！　我らからの供物《くもつ》となります!!」

更《さら》に、人狼たちは、大きな布袋と壺《つぼ》を山のように持ってきた。

中には、氷で冷やされた動物の肉やら、果物《くだもの》が大量に詰まっている。

「なにこれ？」

「よ、よろしければ、お受け取りください。我らが王に対する貢《みつ》ぎ物です」

王様とかになった覚えはないんだけど、くれるというのなら貰《もら》っておこう。

「ただ、量が多い。もっと少なめでいい」

せいぜい、大きな袋ひとつと壺ひとつ分だ。

多すぎても食いきれん。腐らせるだけだ。そう言ったら、

「わ、我々に……気遣《きづか》いを……!?」

滅茶苦茶《めちゃくちゃ》驚かれた。なんだよ。

俺とサクラの二人しかいないんだから、そんなに食えるわけないだろ。

ちゃんと持って帰れよ。

「了解しました、我らが王よ！　皆のもの、この寛大《かんだい》なる御身《おんみ》に、敬礼ッ!!」

「おうッ!!」

何故《なぜ》だか人狼たちは感謝の言葉と敬礼を残して、去っていった。

そして彼らは定期的に、俺の家の前に野菜や肉などを持ってくるようになった。

「主様、今日の夕飯は野菜とお肉たっぷりのシチューですよ」

「俺の好物きた――――！」

まあ、俺の毎日の献立《こんだて》が豊かになったから、いいか。


今日も昼に起きた。

昨日はトラップを張りまくったせいか、夕方には爆睡してしまったのだ。

お陰《かげ》で腹が減っている。

サクラが昼ごはんを作っているが、ちょっと我慢《がまん》できなかったので、外のリンゴを食らうことにしたのだが、

「……って、なんだこのリンゴ」

金色をしたリンゴがひとつ、庭の中心の木になっていた。

品種改良をした覚えはないのだが、突然変異か何かだろうか。

物は試しだ。少しかじってみる。

「む……なんだか口の中がジャリジャリするな」

甘くて美味《おい》しいんだが、なんか変だ。

喉奥《のどおく》に絡《から》みつくような味がするというか、蜜《みつ》が濃厚すぎるようだ。

ある意味、小腹《こばら》が減った時にはちょうどいいのかもしれない。

そう思ってかじって平らげる。すると、

「主様ー。お昼ごはんができましたよ」

ちょうど昼飯ができたようだ。

サクラがとてとてと小走りしてくる。

「おう、ありがとうな。今行く――」

と、俺が彼女に向かって歩き出した時、

『おい、マジ話かよ、それ』

軽い口調の声が聞こえた。重く響く男の声だ。

「えっと……サクラじゃ、ないよな。今喋ったの」

「え？　私はお昼ごはんとしか言ってませんが――」

『――マジだって……』

また聞こえた。

声の方向は、上だ。

『里の方から、ここへの接近禁止命令が出たんだってば。食われちまう場所なんだとさ』

『はあ？　俺たちが食われる？　そんなバカな』

そして上にいるのは、二体のドラゴン。

『下にいる奴の魔力見ればわかるだろうが……！』

『え……って、なんだアレ!?　竜王さまより魔力貯《た》めているじゃねえか！』

『ああ、ボケて理性を失っていた極飛竜を食っちまった奴だ。俺たちは今、見逃されているらしい。気まぐれで生かされているようなもんだ』

明らかにドラゴンの会話が聞こえていた。

あと見逃しているわけじゃない。ただ食材に困ってないだけだ。

『なんであんな奴がここに……。魔境森のバランス、狂ってんのか？』

『だからこそ、それを感じ取った竜王様直々《じきじき》にお触《ふ》れを出したんだろ。あのわりと戦闘狂な竜王様が、ちゃんと考えて出したんだぞ？』

『ああ……やべえな。俺たちも死ぬ前に、一旦《いったん》戻るか。にーちゃんとかにも伝えねえと』

それだけ喋って、ドラゴンたちは去っていった。

これはなんだ？

ドラゴンたちがわざわざ俺の知っている言語で喋っているのか？

「なあ、サクラ、あのドラゴンたち、なんて言っていたか、分かる？」

「え、ええと……ギャーとかグルウとか鳴いているだけ、ですかね」

可愛《かわい》らしく鳴き真似《まね》しているが、そうか。なるほど。

分かっていたのは俺だけか。

「サクラ、俺、竜の言葉が分かるみたいだ」

「ええ!?　主様、竜の言語が分かるのですか!?　博識《はくしき》だとは思っていましたが、まさか古《いにしえ》の言葉まで扱えるとは」

ギャーギャー鳴いているのは古の言葉なのか。というか、待ってほしい、分かるようになったのはついさっきだ。

勉強した覚えもないし、そんなものが話せるようになったのは恐らく、

「この金のリンゴが原因だろうな。食ったら耳がおかしくなって、竜の言葉の意味が分かるようになった」

「なるほど……ちょっと、見せてもらっていいですか？」

「おう」

サクラに金のリンゴの芯《しん》を渡すと、彼女はくんくんと鼻を近づけた。そして、

「竜の魔力の匂《にお》いがします。……これ、どこになっていたんですか？」

「ん？　普通に、そこの木になっていたんだ」

庭の中央にある、普通の木だ。

いや、他の樹木より少し太くなっている気もする。

「……そういえば、あそこには竜の血液などがしみ込んでいましたね」

「ああ、ちっちゃい竜をさばいたの、あの辺だったもんな」

竜のエキスを吸ったリンゴだから、竜の言葉が分かるようになったのか。

「ただでさえ、私は龍脈《りゅうみゃく》の魔力を貯めこみ続けていますからね。竜の血は魔力の塊《かたまり》のようなもの。それが少し混ざって、そのような効果が出たのかもしれません」

まさかの副次《ふくじ》効果である。リンゴすごいな。

流石は知恵の実だ。

「ただ、私や主様のような魔力に満ちた人間ならば回復薬にも等しいですが、普通の生物にとっては猛毒になりえるくらい、強力な成分ですから。よく育ったものです」

へえ、味は普通のリンゴなのに、猛毒にもなるのか。

もしや、野生動物が近寄って来なかったり、虫食いが起きないのはそれが理由か。

「はい。これも主様の魔力で強化されたお陰なんでしょうね。すごいことです。――それと、できれば、あとで私を、主様と同期させてくれませんか?」

「同期?」

「はい、私も……主様と同じ声を聞いていたいのです」

サクラは頬《ほお》をかいて照《て》れくさそうに言ってくる。

そんな遠慮なんてしなくていいのに。

「おう分かった。飯食ったらトラップを作るついでに同期しよう」

「あ、ありがとうございます、主様！」

そんなわけで、俺は竜の言語を理解できるようになったのだが、

「──もしかして他の生物の血とか、エキスとかを吸ったリンゴを食べると、色々なスキルが手に入るのかもな」

今度、腹が減っていて、暇《ひま》なときにでも試そう。

立派《りっぱ》なリンゴの木を見ながら、俺は何となくそう思うのだった。


昼間。

太陽が高く昇《のぼ》ったというのに、俺の目は全く冴《さ》えなかった。

「ね、眠い……」

布団《ふとん》から出られない。

隙《すき》あらば瞼《まぶた》が下がろうとする。

そして、布団の外からサクラが頭を撫《な》でてくるので、さらに眠くなってしまう。

「昨日、魔力を使いすぎましたからね」

「そうだな……」

あのリンゴを食べた後、竜の言語が分かるようになったばかりか、体中から力が溢《あふ》れてきた。

そのまま調子に乗ってトラップを仕掛けまくったのがまずかった。

「この眠気はやばいな、ふああ……」

エナジードリンクを飲んで徹夜残業を乗り切った後と同じくらいか、それ以上の眠気がある。

あの黄金リンゴは精力剤みたいな効力もあったようだ。

「寝てしまうのも良いと思いますよ、主様。主様の回復力なら一時間も寝れば、いつも通り動けるかと」

「あー……魔力の欠乏《けつぼう》は……生理的欲求を満たせば回復できるんだっけか……」

この前、サクラから説明を受けていた。

俺が魔力を使うと腹が減るか眠くなる。それは魔力の回復に、食欲と睡眠欲が関《かか》わっているから、だそうだ。

魔力を短時間で大量消費したり、慣れない使い方をすると、すぐにどちらかの欲がうずき出すとのこと。

今回は睡眠欲らしいが、

「寝たいのは山々なんだけどさ、窓の外に、なんか変なもの見えるんだよね」

リンゴ畑の奥の奥。

そこに緑と青色の水球みたいなものが存在していた。

「あれは、ただの増殖系スライムですね。知能も高くないですし、動きは遅いですが、やはり、この家の魔力を狙っているようです」

「そうか……またいつものか……」

こんな時に来るんじゃないよ、全く。

「私が代わりにやっておきましょうか？」

サクラはこの家の精霊として、かなりの戦闘力があるとのこと。

だから任せれば一発なのは分かるのだけど、

「んー、それもいいんだけどさ……ワナのチェックしたいんだよな」

数々のワナをせっかく仕掛けたんだ。

それを起動させてみたい。

動きが遅いというのであれば、やりようもあるしな。だから、

「ええっと……それじゃあ、もうちょっとこっち来てくれ、サクラ」

「？　はい。分かりましたが――」

何をするんだろう、という顔をしているサクラの膝《ひざ》。

そこに俺は頭を乗せる。

「あー久しぶりだけど、やっぱやーらけー」

「出会った時以来ですね。でも、なぜ今？」

「この体勢なら、サクラと同期することができるし、寝ながら罠の作動チェックできるだろ」

「ああ、そうですね」

彼女の体に触れるのが、同期の条件。触れさえしていればどこでもいいのだ。

「んじゃあ、このまま操作して、終わったら寝るから、あと頼むわあ」

「了解です、主様」

その声を聞いてから、俺は罠を全《すべ》て作動させる。

瞬間、ドバアッと土煙《つちけむり》を上げて、庭の樹木の全てが動いた。

そして異物を自動的にせん滅していく。

……指示しなくていいって楽だわー。

どうやら全てのワナは問題なく稼働《かどう》しているようだ。

こういう時、投げやりな防衛戦ができるので、トラップを張っておいてよかったなあ、とそう思うのだ。

「きゃあああああ!?　なんだ、このバネ仕掛けは――!?」

途中、なんだか、魔女姫っぽい声が聞こえて、吹っ飛んだような気がしたが。

もう無理だ。起きてられない。

「お休み、サクラ。一時間だけ寝る」

「はい、おやすみなさい」

そのまま、構わず寝ることにした。


本当に一時間ほど寝たら元気になった。

眠気も空腹も全くないので、健康状態はバッチリである。

完全に回復したと同時、魔女姫が俺の家に訪ねてきた。

やっぱりさっきのは幻聴《げんちょう》じゃなかったんだな。

着ているローブはところどころボロボロだし、息も荒い。

ワナを食らったからだろう。全く間《ま》の悪い女である。

「おう、魔女姫。巻き込んですまなかったな」

「い、いや、アポなしで貴方に会いに来た私が悪かったのだ。次からは気をつける」

「そうか。ならいいんだが。……つーか、今度は俺の家の周りにマーキングしてないよな」

股間《こかん》が既《すで》にビショビショなんだが。

「こ、これは落下した先に湖があったからだ！　誤解されては困る！」

「ああ、そうかよ」

俺としてはこの魔女姫は、お漏《も》らしのイメージしかないからな。

またやったかと思ったぜ。

「うぐ……地脈《ちみゃく》の男よ。私はディアネイアという。その、魔女姫と呼ぶのは、恥《は》ずかしいので止《や》めてくれないか」

人を地脈の男とか呼ぶくせに、名前呼びじゃなきゃ嫌だとか、贅沢《ぜいたく》な女だな。

まあ、俺が名乗ってないのもあるけどさ。

「それで、何しに来たんだ。なんだか革袋《かわ》を二つも背負っているみたいだが」

「金だ。これがこの前の飛竜《ひりゅう》の売上半分――銀貨三千枚。三百万ゴルドだ」

と、彼女は革袋をドンと置いた。

中には銀色のコインがぎっしりと入っている。

「これがこの国の金か」

「ああ、これだけで一年は遊んで暮らせる」

へえ、そうなのか。三百万で一年暮らせるなら、感覚は日本円のそれに近いのかな。

この国の金とか使ったことないから分からないが。

というか、こっちに来てからずっと、街に降りたこともないしな！

どこに街や店があるのかも知らないし。

「しかし、アンタがこれを持ってきたのか？　わざわざ、俺のために」

「ああ、貴方には命を助けられた。そして、礼を返すと言った。だからこうして伺《うかが》わせていただいたんだ」

いらない、って言った筈《はず》なんだけどな。

「律儀《りちぎ》だなあ、アンタ」

「それしか取《と》り柄《え》がないのだ。あとは魔法も得意だったが……この地で漏《も》らしてしまう始末《しまつ》だからな」

バツが悪そうに魔女姫は苦笑する。

「もうマーキングすんなよ？　リンゴ畑あるんだから、変なエキスがしみ込んだらたまらねえからな」

「き、気合いを入れて会いに来たのだ。だから、そう簡単には漏らさないぞ！」

そうか。それならいいんだ。

姫の体内から出たエキスが入ったリンゴとか、食ったら変なスキルつきそうだし。ホントやめてくれよ。

「んで、用件はこれだけなのか？」

「ああ、そうだ」

金を持ってくるためだけに来たのか。そうか。なら、

「なんで空に飛竜が留まっているんだ？」

「へ？」

上を見ろ。ずっと三匹の竜が滞空《たいくう》しているぞ。

しかも明らかにこっちを見ている。

『どうする？　手出しして大丈夫と思うか？　竜王様がヤバそうって、言っていた奴だろ？』

『でもでもあの男、魔力が大きいだけだよ。竜を食ったなんてただの噂《うわさ》だし、一緒にやっちゃえやっちゃえ！　魔力が大きい女は美味しいし、男も美味しいよ！』

『それじゃ一番槍《いちばんやり》はオイラが行く。オイラに続け！』

などと、軽い口調で人食い計画を立てている。

本当に物騒《ぶっそう》だなオイ。

というか、既に勢いよく向かってきているんだけど。

「アンタ、疫病神《やくびょうがみ》なのか？　なんであんなの連れてきているんだ」

「す、すまん。しかし、悪いが、戦闘に入るぞ、地脈の男よ」

ディアネイアはその場で、迎撃《げいげき》用の杖《つえ》を取りだした。

「炎よ撃ち抜け《フレイムブレッド》!!」

天に向けて火球を放つ。

だが、降りてくる竜の鱗《うろこ》に弾《はじ》かれた。

「よ、避《よ》けるでもなく弾くだと……!?　あれは、上級飛竜なのか……!!」

以前とは違い、魔力は十分に残っている。

そんな力が存分《ぞんぶん》に乗った魔法を弾き返すなんて！　本当にこの竜の耐久力はおかしい。

それが三体もいる。

「連携《れんけい》を取られたら、一個中隊の魔女隊でも勝てないな……」

……だが、弱音は吐けん！

襲われているのは事実なのだから。

緊急退避《たいひ》用の魔法は用意してきていない。ならば戦うしかないのだ。

ディアネイアは杖を更に振り回す。

「ここで使うしかない。私が誇る最大の一撃――焼け焦《こ》がせ、炎帝《えんてい》の槍《やり》《ブレイドフレイムランス》!!」

出るのは極太《ごくぶと》の赤い槍。

ジリジリと音を立てて熱を出すそれを、

「はあああ!!」

思い切り投げた。

槍はそのまま、飛竜の肩に命中する。

「グウ……!!」

ジュウウ、と肉を焦がす音を立てながら、槍は飛竜を焼くが、

「グラアアアアア!!」

それだけだった。肩の一部を吹っ飛ばしただけで、竜はそのまま降りてくる。

「あ……」

それを見て、ディアネイアは膝をついた。

これは、勝てない、と悟ってしまった。


「ああ……これが、上級飛竜の力か……」

へたりこんだ魔女姫は、そうつぶやくと、

「う……」

気が抜けたのか、ジョバっといった。

「あ――!!」

まただよ。

またやりやがったよ、こいつ。

「アンタさあ、マーキングするなって言ったよな?」

「あっ……も、申し訳ない……」

これでリンゴに変なスキルがついたらどうしてくれる。

食べる度《たび》に外れガチャを引くような状態とか嫌だぞ。

「グラアアアアア!!」

しかも、竜は元気よくお空から降ってくるし。

「ほら！　もう一発撃て！　追い払え！」

元凶なんだから、俺の手を煩《わずら》わせるな！

そう言って、ディアネイアの体を肩に担《かつ》ぐ。

「うう……もう無理だというのに……」

「無理でも打て。やるだけやってから諦《あきら》めろ。さもないと尻叩《しりたた》くぞ」

というかもう叩いた。

ペチンッといい音が鳴った。

「ひゃんっ！　わ、分かった、う、撃つから！　ふ、フレイムブレッド……！」

涙目と、弱々しい発音で魔法が行使された。瞬間、
ゴオッ!!!

っと、ディアネイアの杖からレーザーよろしく熱線が出た。

しかも、極太の。

「グエ……?」

突っ込んできた竜を、一瞬で焼き尽くすほどの。

「ぎ、ギアアアアアア!!!」

瞬時に黒焦げになった仲間を見て、他の竜は逃げていく。

「ちっ、なんだよディアネイア。そんな強いの持っているんだったら最初からやれよ」

文句を言いながら、担いでいた魔女姫を下ろした。

だが、彼女は困惑《こんわく》で体を震わしていた。

「え……な、なんだ、あれは。……なんだ、このおかしな力」

何を言っているんだこの魔女は。

自分で撃った魔法なのに、なんでそこまで混乱しているんだ。

「こ、混乱もするさ。文献《ぶんけん》で見たことがあるが、さっきの魔法の威力《いりょく》は伝説級の魔法と同じだぞ！　私の魔力では撃てないし、そもそもあんな魔法は覚えていない！」

「じゃあ、なんで使えたんだよ」

「い、今のは、恐らく、――貴方の魔力が『上乗せ』されて、魔法が改変されたのだ」

ディアネイアは愕然《がくぜん》とした表情で、自分の手と俺の顔を見ていた。

足腰は震えていて、立とうとしているのに立てていない。

「なんなのだ、この力は。余力ごと、全部出し切ってしまった。……なんでこんな力を使って、平然としていられるんだ、貴方は」

「さあ、そんなの知らん」

しかし上乗せ、か。

そんな現象があるのか。

いや、俺や俺の家の魔力を狙ってくる輩は、こういうので自分を強化するのが目的なのかもしれないな。

「まぁ、敵対理由なんてどうでもいいんだけどな」

俺は自分の家を守るために力を振るうだけだ。

「……あ、貴方は、本当に、何者なんだ？」

「ただの自宅警備員だよ。今のところはな」

それ以外の何者でもない。

「んで、ディアネイア。あの飛竜はいつも通り持って帰れよ」

「え？」

「俺は黒焦げになった竜の処分とか、しないからな。残していったら……文句を言うぞ？」

「わ、分かった、分かりました！　こちらで処分します！」

理解してくれたのならいい。

「さて、それじゃあ俺はおやつタイムだから。ディアネイア、アンタは勝手に帰ってくれよ」

「う、うむ、分かった！　この礼は必ず、また、持ってくるぞ！」

「それはいいけど、竜は持ってくるんじゃないぞ」

そんな感じで、俺と魔女姫との関係は少しだけ、強くなったようだ。


「今日は庭造りをしよう」

「トラップ作りですね。了解です主様」

先日、竜が絡んできたわけだが、今のままでは対空装備が少ない気がしたんだよな。

「対空ですか」

地表の相手に対するトラップはある。

けれど、空に対しては各個迎撃しかない。それは手間だ。

だから、庭造りのやり直しをする必要があるのだ。

「了解しました。では、どんなものを作りますか？」

「うん、そこが一番の問題だよなー」

どんなものを、と言われても、材料はリンゴの木しかない。

空にリンゴを打ち出しても、特に何の意味もないし。

どーっすかなあ、と思っていると、

「ん？　アレって、まさか――」

この前、飛竜が焼け落ちてきた所に、金色が見えた。

「――こっちにも金のリンゴついてら」

「あら、本当ですね」

しかも一個だけではなく、二～三個、まとめてなっている。

本当に竜のエキスを吸うと金になるらしい。

法則性が見えてきた。竜は金。覚えておこう。

「それでは、この金のリンゴ。今、食べちゃいますか？」

「いや、これはこのままにしておこう」

今は元気満タンなのに、精力がギンギンになっても仕方ないし。

体力がなくなった時に残しておくとして、まずは庭の対空化だ。

「っと、竜とリンゴで思い出したけど、あの魔女姫は、竜に炎の槍を投げていたな」

「そういえば、そんな魔法を使っていましたね」

なら、樹木の槍はどうだろうか。

鋭利《えいり》な樹木を空に打ち上げれば、そこそこの威力になる筈だ。

「樹木に俺の魔力を『上乗せ』して打ち上げたりとか、できるかな?」

「できますが、『上乗せ』はする必要がないと思いますよ? あれ、同期の下位互換《ごかん》ですから、同期で十分です」

「あ、そうなの?」

なんか、魔女姫の奴が感動していたけど。

そんな大した技術じゃないんだな。

「はい。上乗せの方が簡単ですけれどね。一方的に魔力を渡して、魔法を行使させるだけですから。私たちからすれば簡単な技術です」

なるほどなあ。

俺、魔術、魔法のことはよく分かっていないまま、魔力を使っているからな。

「魔力の使い方を形式化したのが魔法、魔術なので。主様ほどの魔力があれば形式に則《のっと》る必要、ありませんから。常にイメージで大丈夫です」

お墨《すみ》付《つ》きを得てしまった。

まあ、俺も長ったらしい呪文《じゅもん》を詠唱《えいしょう》するとか、呪文の単語帳を覚えたりとかはしたくないし、いいかな。

「それじゃ、上乗せは使わないことにするよ」

「はい、足元の石を投げたりする時くらいは、上乗せの方が楽かもしれませんが、それくらいですね。基本的に私（自宅）との同期で、全部動かせますので」

改めて思うけど、本当に便利だな、サクラは。

「えへへ……お褒《ほ》め頂き光栄です」

それにしても、同期にせよ、上乗せにせよ、基本的に触れる必要があるのは変わらないんだな。だから互換って言ったのかもしれないが。

「はい。魔力の受け渡しは接触が基本です。といっても、上乗せした魔力は一時的にしか留まらず、すぐに使われてしまうので、補給にはならないのですが」

「それじゃ、回復したい時は、生理的欲求を満たす必要がある、と」

なるほど。そういうことらしい。

なんだか少しだけ魔力について知れた気がする。

「うん、いい話も聞けたし、作業に入ろう。のんびり作っていこうぜ、サクラ」

「はい、主様っ」

そのまま俺は庭の一部を改造した。

やったことは簡単だ。よくしなる木を、曲げた状態で地中にセッティング。そこに槍を仕込めば、ばね式対空槍の完成である。

あとは魔力を込めれば、ばねが動き、垂直に打ち出される仕組みだ。

軽く実験してみたが、

「おお、意外と飛ぶな」

上空一〇〇メートルくらいは余裕で飛んだ。

作るのも楽だし、木の槍を量産していこう。

「これで空からの問題も投げ槍で解決できるな」

「はい！」

というわけで俺の家、対空装備の設置、完了。

また一つ、俺の実家は安住の地に近づいたのだった。


深夜、ディアネイアが真っ黒になった飛竜と共に城に帰ると、騎士団長が大慌《おおあわ》てで出迎えてくれた。

「ディアネイア様、これは一体!?」

夜遅くまで政務系の仕事をしているのは彼と自分くらいである。

だから、こうした特殊な事情の獲物《えもの》の搬入《はんにゅう》は深夜に行っているのだ。

「一応……私の呪文で焼け焦げた飛竜だ。あとで換金して、国庫に入れておいてくれ」

「はっ……しかしこの鱗の形状は、上級飛竜……!?　いや、だとしたら、魔法を弾く鱗がこんな状態になるなんて！」

飛竜は鱗で格の違いが分かったりする。

とはいえ、目利《めき》きに慣れていたり、獲物の鑑定に熟練したものでなければ、判別はできないのだが。

魔法騎士団の団長はその両方の条件を満たしている。

「やはり、上級飛竜だったか」

「ええ、間違いなく！　それを黒焦げとは、——もしや姫様、腕を上げましたな？」

騎士団長はニヤリ、と笑った。

「大魔術師から超級魔術師への段階でずっと伸び悩んでおられましたが、いやはや、一人で討《とう》伐《ばつ》するとは。元家庭教師としては、嬉《うれ》しい限りです」

ディアネイアは子供のころ、騎士団長から教えを受けて成長した。

魔術師には一級や二級などの階級分けがあるが、十級の次が大。大の次が超となっている。

その次が神話級と評され、最上級だ。

つまり、ディアネイアは、この国の尺度で言うと、上から三番目にいる魔術師ということなのだが、

「私は弱いよ。騎士団長」

「またまたご謙遜《けんそん》を。この国で十人もいない大魔術師に十代の若さで成り上がった貴女《あなた》が弱いなどと……」

「……違うのだ。これは、彼の、地脈の男の力を借りただけなのだ」

言うと、騎士団長は首を傾《かし》げた。

「力を、借りる？　それはどういう」

「ああ、魔法騎士団長の君なら分かるはずだが……『上乗せ』をされたんだ。しかも私に触れるだけでな」

「……上乗せを、触れただけで簡単にやってきた……と？　それは、何かの間違いでは……」

間違いなんかじゃない。

あの感触は今思い出しても、上乗せだった。

「でも、あれは、儀式をしなければ使えない術の筈ですよ!?」

「ああ、本来ならば、な。でも、触れただけで、やられたよ」

魔力を渡す、という技術は相当に難しいものだ。

下準備なしでは一時的な付与《ふよ》ですら、困難である。

「それができるのは、超級魔術師くらいでは……」

「ああ、今でもいるのかどうか知らないが、超級あるいは神話級の魔術師ならできるだろうな」

国でただ一人、超級を授かった者がいて、似たようなことをやっていた気がする。

伝説や噂レベルでも、そういう逸話《いつわ》はある。ただ、

「注目すべきは地脈の男があっさりやってしまった、というところと、私は彼の手加減によっ

て生存を許された、ということだろう」

「そう、ですね。上乗せは、リスクのある技術ですから……」

強すぎる魔力を注ぎこまれれば、内側から爆発する危険だってある。

だが、それは起きなかった。

……恐らくは、彼の気遣いによって、だ。

幸運かとも思ったが、あの強くて優しい化物のことだ。

こちらの体を気遣って限界ぎりぎりのところで抑えたのだろう。

「まさか、そこまでの魔法を使いこなすとは。ある意味、超級以上の術士《じゅつし》ですな」

「こちらの魔術協会に登録はしてないがな。……しかし、あの時は驚くというより、恐怖と敬意を覚えたよ。自分の力がコントロールできないまま放たれたんだ。生きた心地がしなかった」

ただまあ、そうでもしなければ自分は上級飛竜に食い殺されていただろう。

それだけの力の差が彼我《ひが》にあった。生き残る芽《め》があっただけ良かったと、ディアネイアは思う。

「はあ……大変ですな。――ただでさえ、竜王の動きが活発になってきて、危険度が増しているというのに、そんな化物が森にいるなんて」

ああ、そんな報告もあったな。

「飛竜が少なくなったのは、休眠していた竜王が動き出した、というのもあるのだろう、と」

「何故か人狼の襲撃《しゅうげき》も少なくなっていますしね……」

以前は冒険者、商人、豪農と王都の民を誰彼なしに攻撃し、強盗をはたらいていた人狼が、今では大人しく森の中で暮らしているという。

中には王都の民と交流しているものもいるらしい。まるで一族を率《ひき》いる長が代替わりしたかのような変わり具合だ。

「前に確認した時は、イケイケの若手人狼がリーダーだったような気がするが、彼は死んだのか」

「さあ、分かりません。ただ、天変地異の前触れなのかと疑ってしまいますよ」

「本当にな。彼を心配するより、我が国を心配した方が良さそうだ」

ふう、と王都の政務担当者は、二人揃《そろ》ってため息を吐くのだった。


対空設備を作り上げた次の日の昼間。

俺が、庭の設備の確認を兼《か》ねて散歩していると、

「す、すまない。地脈の男よ。ちょっと話をさせてもらってもいいだろうか」

ディアネイアが突然、庭の外に現れた。

歩いてくるとかではなく、急に出現してきた。恐らくは魔法か。

「……昨日も突然現れたと思ったけど、魔法で移動していたんだな」

「え？　あ、ああ、そうだな。《テレポート》を使ってこの辺《あた》りまで来ているのだ。……流石に貴方の家の敷地内に直接入るのは危ないから、手前まで来て、あとは歩いているけれども」

なるほど。先日トラップに巻き込まれていたのは、罠を設置してある庭に直接テレポートしたからか。

かなり無作法だが、反省しているようだし、特に何も言うことはないな。

「んで、話って、なんだ？」

だから直球で尋《たず》ねると、ディアネイアは僅《わず》かにひるみながらも口を開いた。

「せ、先日、いい取引先が見つかってな。時間はかかるが竜の鱗が高く売れそうだから、少し待ってもらおうと、言いに来たのだ」

相場がどの程度か分からないが、高く売りさばけるのならば良いことだろう。

しかし、礼はいらないと言っているのに、それでも情報を伝えに来るあたり、この姫は本当に義理がたいな。

なんて思っていると、彼女はもじもじとしながら俺の顔を見ていた。

「ん？　どうした？」

「い、いや、ひ、ひとつ、き、聞きたかったことがあるのだが……」

ぎこちない動きで口ごもりながら、ディアネイアは俺の目をじっと見た。

「え、えっと……こちらの事情で、貴方と貴方の家を勝手に呼び出しただろう？　もう、戻れないことを含めて怒ってはいないか、と気になったのだ」

ああ、なんだ。そんなことか。

「怒ってるよ？　当たり前だろ」

「ひいっ……!?」

当然のことを答えたら怯えられたよ。

戻れないのはどうでもいいんだけどさ。

普通に考えて、勝手にこの世界に呼びつけておいて化物だなんだと罵《ののし》られて、平然としていられるわけがないだろうに。

「ほ、本当にすまない……！」

ビクビクしながらディアネイアは頭を下げようとしてくる。けれど、

「ああ、でも、気にするな。怒ってはいるけれど、頭を下げる必要なんてないぞ」

「……え？　それはどういう」

「今更《いまさら》アンタを怒鳴りつけてもどうにもならないだろ？　もう終わったことだから、仕方ないと思ってるだけだ」

それなのに謝罪とかされても、困るしな。

「こ、心が広いんだな、貴方は」

「うん？」

この魔女姫は何を言っているんだろうか。

心が広かったら怒りもしないだろうに。

「ともあれ、だ。どこであろうと、俺の家が傍《そば》にあるんなら、別にどうでもいいんだ」

俺は自分の家でゴロゴロしているのが大好きだからな。

「そ、そうか……ありがとう」

「なんで礼を言うんだ」

俺は思ったことを言っただけだぞ。

「いや……その、貴方の言葉で、少し安心できたからな」

ディアネイアは苦笑しながらそう言った。怒っていると言っているのに、どうして安心しているのか。この魔女姫はよく分からんな。

「また、来させてくれ。それでは、な」

そうしてディアネイアは帰っていった。

白の月　32日　午前2:30

今日は、地脈の男と会話することが出来た。

恐る恐る距離感を探っている状態だが……。

彼はそんなに悪い人ではないのかもしれない。

ちょっと言葉遣いが乱暴ではあるけれども、

冒険者ほどの荒くれっぷりではないし。

なにより彼と話していると、姫という立場を忘れて会話出来るから、

ちょっとした解放感があった。

騎士団長からも、

最近は血色の良い顔をしているなんて言われてしまったし、

気楽に喋れるものがいるというのは、いいことなんだろうな。

地脈の男との関係は、出来る事ならばこのまま、

平和で静かに続けていきたいものだ。

Deianeia

Chapter 3

小さくて大きな侵入者

昼間、庭のリンゴ畑を散歩していると久しぶりの侵入者がいた。

「……」

リンゴをジーッと見ている幼女だ。

真っ黒な服を着て、真っ黒な髪の毛と真っ黒な目をしている。

「うん？　どうした？」

迷子かと思って声をかけてみると、幼女は樹木を指差した。

金のリンゴがなった木だ。

「あれ、リンゴ？」

「ああ、リンゴだな。よく分かったな」

見た目は幼《おさな》いが随分《ずいぶん》とハキハキした喋《しゃべ》り方である。

「分かる。我《われ》、旅人だから」

「おう、そうか」

なんだ、この歳《とし》で旅に出てオッケーなのか、この国は。

もしくはこの森のこの近辺が、思った以上に安全な場所なのかもしれない。

「我、ヘスティ、よろしく」

「おう、よろしく」

挨拶《あいさつ》もしっかりできるし、出来た幼女だ。

なんて幼女を見ていると、ぐうー、と彼女の腹が鳴った。

「……ん」

「お腹《なか》、空《す》いてるのか？」

「……分からないが鳴った」

首を傾《かし》げている。

色々な意味で大丈夫かこの子。

「んー」

幼女はリンゴをじーっと見ている。

これは、食いたい、ということだろうか。

……でもなあ。

この前、竜の血とか魔力が入ったリンゴは、普通の人には毒になるって聞いたんだよな。だから、

「おーい、サクラ」

「はい、なんでしょう主様《あるじ》」

サクラを呼んで聞いてみることにした。

「サクラ。このリンゴってこの子に食わせても大丈夫な奴《やつ》か？」

「おや、可愛《かわい》らしい子ですね」

サクラがじっと見ると、黒い幼女もじっと見返した。

そのまま数秒した後、サクラは頷《うなず》いた。

「そうですね……この子くらいの魔力量があれば、食べても平気でしょう」

「へえ、こんな幼女なのに魔力が結構あるのか」

まあ、そうでもなきゃ旅人なんてやっていないだろうけど。

「あ、でも金のリンゴはやめた方がいいかと」

「うん、それは俺も分かっている」

どんな症状が起きるかわかったもんじゃない。

だから、渡すのは赤リンゴ。

「ほらよ」

身長的に届かないだろうから、俺がもぎって渡す。

「？　くれるの？」

「おう」

「そう。では頂く」

幼女は小さな口で、シャクシャクと皮ごと食っていく。

「美味《おい》しいですか？」

サクラが聞く。

「甘い……」

「そうですか」

しかし、今日のサクラは、珍《めずら》しく他人に対して柔《やわ》らかだ。

「もしかして、子供好きなのか？」

「はい。家としては、賑《にぎ》やかさの元になる子供は好ましいので」

ああ、そうか。サクラは家の精霊だったな。

今の今まで忘れていたよ。

「そんなこと言って、主様も子供には優しいじゃないですか」

「俺は別に自分に迷惑をかけてきたり、安住を妨害されなければ基本的に優しいんだよ」

今までは、完全にこちらの事情無視で迷惑をかけてくる連中ばっかりだったがな。

「なくなった」

会話しているうちに食べ終わったようだ。

綺麗《きれい》に芯《しん》まで食べつくされている。

よほど腹が減っていたのだろうか。

「甘かった。満足感、ある」

「難しい言葉知ってるな、お前ー」

グリグリと頭を撫《な》でてやる。

幼女は少し、くすぐったそうな顔をしたが、すぐに受け入れた。

ああ、微笑《ほほえ》ましい。

「さて、俺たちはもう帰るけど、ヘスティ。お前はどうするんだ？」

「我も、帰る。リンゴ、美味しかった」

「おう、じゃあな」

「うん、また」

そう言うと、ヘスティは踵《きびす》を返して、振り向くことなく森の西の方へ消えていった。

「不思議な子でしたね」

「ああ、あんな旅人も迷い込んでくるんだな。この世界に来て初めて、常識的な子と出会って、常識的な会話をしたような気がするよ」

今までが波瀾万丈《はらんばんじょう》すぎたわけだが。

でも、こうして普通の会話をできる人物がいるのはいいことである。


西の森の外れ。

鬱蒼《うっそう》と茂っている筈《はず》の木々がなくなり、褐色《かっしょく》と黄土色《おうどいろ》の岩地が見え始めた所。

黒の幼女は、竜と共にいた。

極飛竜と呼ばれているその竜は幼女――ヘスティに頭を下げていた。

『お待ちしておりました！　竜王様！　人間の世界から、よくぞお戻りくださいました！』

そして話すのは竜の言語だが、

「ん」

ヘスティにはそれでも通じていた。

『こちら、お着替えになります！』

極飛竜は白いドレスと白い頭飾りを差し出してくる。

「ん」

ヘスティは黒から白のドレスへと着替える。

その途端《とたん》に、彼女の髪色は黒から白へと変わっていく。

目の色さえも、綺麗な赤に変化した。

『人間への変装、お疲れ様でした！』

「別に疲れてない。これ、貴方《あなた》たちが、組んだ、魔法の術式《じゅつしき》、だし」

『は、失礼しました。……ところで、戦うべき相手の下見はいかがでしたか？』

「強い」

ボーっとした眼《め》で、しかしヘスティは即答した。

『……っ、そうですか。竜王様ですら、そう思いますか』

「実は、我、戦いたくない」

『は?』

「多分、我では、勝てない。あと、あの場所焼きたくない」

ヘスティには分かる。

竜としては数百年を生きて、人として数十年旅をした彼女には、相対《あいたい》したものの力量を測《はか》るくらいはできる。

「あの男、我よりずっと強い。あと、魔力の詰まったリンゴ、美味しい」

『そ、そうですか。り、リンゴですか』

「うん、だから焼けない」

『ですが、もう血気盛んな連中は、今にも飛びかからんばかりでして――』

「分かっている。ちょっと待て。挑《いど》みはする。……でないと、連中、納得しないの、分かっている」

ヘスティは知っている。竜の気性の荒っぽさを。

「力の差が分からないのに、突っかかるのは、ただのバカ。分かっていて突っかかるのはもっとバカ」

でも、飛竜《ひりゅう》はそれをやる。

「我は竜王、バカどもの王。だから、代表してでも、挑まなきゃ」

『はいっ……!!』

「これは、飛竜を、滅ぼさないための、戦い」

勝てばあの男はいなくなる。

負けたら、自分の醜態《しゅうたい》を見て竜は戦いをやめる。

勝っても負けても、竜とあの男の戦いは終わる筈。だから、

「我が負けても、文句、言わないでね？」

『了解しました！　白焔の飛竜王、ヘスティ・ラードナ様!!』

そして彼女は歩きだす。

森を抜けて、竜の谷へと。

我が家の庭の外れには、大きな岩場がある。

普段は朝夕の散歩コースにしているのだが、二、三メートルを超える大きな岩がゴロゴロしている。

魔女と竜が戦っていた時に、竜が暴れて掘り返しまくったのが原因だ。

「これ、どかした方がいいよなあ。歩きづらいし」

「そうですね。庭造《にわづく》りをするにしても、障害物になりそうです」

物凄《ものすご》く邪魔なので、今日のうちにどかしてしまいたい。

「撤去用《てっきょ》にウッドゴーレムを作るか」

だから、そんな力仕事はウッドゴーレムに指示してやらせてしまおう、とリンゴの木を幾《いく》つか選んでゴーレム化する。

足と腕が出てきて、それぞれ直立するが、

「一体ずつじゃ、ちと小さいな。でかくするか」

ゴーレムを大きくするには、同じ素材か、同じゴーレムを合成すればいい。

だから俺はその場で手を掲《かか》げ、二体を合成して大きくしようとしたのだが、

「おうっ?」

「――主様!?」

あらら、ちょっとしくじった。

右腕を合成中のウッドゴーレム二体に挟《はさ》まれてしまった。

「だ、大丈夫ですか!?　お、お怪我《けが》は!?」

「ああ、平気平気」

サクラは慌《あわ》てているが、幸い無傷だ。

ねじれた木の中に手を突っ込んでいるから、見た目は潰《つぶ》されているみたいだけどさ。

ゴーレムに力はこもってないから痛くはない。

それに合成中の木はかなり柔らかいので、怪我はなかったりする。

ともあれ、不便だからさっさと抜かなきゃな、と、

「――ん？　あれ？」

引き抜こうとしたら、合成しかけのゴーレムが動いた。

右腕を上げたのだ。

「まだ命令出してないのに、動いてるな」

「本当ですね……？　どうしてでしょう……？」

サクラにも分からないようだ。

確認のためにも、もう一度、右腕を動かしてみる。

今度は手の指を含めて。

そうしたらまた、その通りに動いた。

「ああ、俺の腕の動きをそのままやっているのか」

「同期、と似たようなものですかね。体から伝わる魔力をそのまま信号として受け取っているようです」

「え？　そんなことできるのか？」

「いえ、やったことがないので分かりません。が、主様ができているのであれば、できるのかと」

へえ、面白《おもしろ》いもんだな。

この木の塊《かたまり》が自分と同じ動きをしてくれるのか。だとしたら、

「……ひとつ、思いついたことがある」

「はい？」

「やっぱり、だ。体全部埋めたら、動かせるな」

「おー、お見事です、主様」

姿見《すがたみ》の前で、俺はウッドゴーレムになっていた。

いや、俺自身がゴーレムになったというか、俺の外殻《がいかく》ができたというか。

ゴーレムの中に自分を埋めてみたのだ。

もしかしたら、全身動かせるんじゃないかと思って。その結果、

「意外と試してみるもんだな。ここまで上手《うま》くいくとは」

三メートルほどのウッドゴーレムを、細かく動かせるようになった。

普段は近づいてきたものを殴るとか、歩く、とか簡単な指令しか出せない。

しかし、これは自分の意のままに動かせる。

なかなか便利だ。

自分の体にぴったり合ったものを作るのに何時間もかかってしまったが、それだけの価値はある。

「ウッドアーマーって言うと弱そうだけど、結構いいもんだなあ。楽に力仕事できるし、動くだけで面白いし」

これなら、岩も自分で好きな位置に運べる。

そう思ってやってみたが、何十キロの岩でも普通に運べた。

仕組みは分からないけれど、イメージ的には樹木が筋肉の代わりをしてくれている感覚だ。

つまり、すごく楽だ。

小型化すれば家の中でも使える。

だからこれからも使っていきたいのだが……。

「ただ……微妙にもっさりしてるよな、主に造形が」

改めて、自分の姿を鏡で見ると、全身が妙にでっぷりしている。

着膨《きぶく》れしているみたいだ。いや、この場合は木膨れか。

「主様は、初めて装着するものを作ったのですから。これだけでも十分な出来かと」

サクラはそう言ってくれるが、もうちょっとスマートにしたいな。

いや、俺に彫刻とかの知識はないけれどね。何だかカッコ悪いんだよな。

「そうですねえ……私としては、主様の顔が見られなくなるのが少し辛《つら》かったりします」

「じゃあ、顔の部分もちょっとこだわるか」

阿修羅《あしゅら》像とか仁王《におう》像とか、あのあたりを参考にすればいいかな。

ともあれ、改善点は色々あるけれど、俺は装着型の重機を手に入れたんだ。

これで庭造りはもっと楽になるぞ！

ただまあ、アーマー作りで疲れたし時間もかかったので、今日はもう寝るけれども。

もう夜だしな。

岩運びは明日やればいいさ。


そして翌日。

樹木を沢山《たくさん》使って大きさを整えたウッドアーマーで、庭に落ちている岩をあらかた片付けたあと。

俺はサクラと共に、ウッドゴーレムの作成に着手していた。

今回のゴーレムの用途はひとつ。

「ゴーレムにリンゴの収穫をさせるには、っと」

「最近は木になるリンゴの数も増えてきましたからね」

もう、俺たちの手では取りきれない。

取りきっても食べきれる量ではないのだが、それはそれ。

用途はいくつかある。収穫しておいて損《そん》はない。

「でも、ゴーレムは精密な動作ができないし、このふっとい腕だと、採《と》れないよな」

「はい、木をなぎ倒してしまいますね」

パワーの調整はできるけれども。

切り落としてカゴに入れる、とかは無理だった。

……せめて、鋭利《えいり》で堅くて、スパッと切れるものがあればいいんだが。

と、地面を見ると、虹色《にじいろ》の薄い板のようなものが突き立っていた。

「これは、この前の小さい飛竜の鱗《うろこ》か」

「そうですね。埋めたら分解されると思ったのですが」

けれど、全然、そのまま残っている。

触ってみると、そこそこ堅い。

少なくとも樹よりは堅い。

「んー」

使えるかもしれない。そう思って、鱗を拾う。

このままではただの虹色の板だが、

「魔力を使えば多少は刃物っぽくなるだろうか」

試してみよう。ゴーレムを作る時と同じ感覚で、素材の形を変える。

薄く、広く、堅く。

伸ばして、整えた。それだけで、

「おし、できた、ドラゴンカッター」

虹色の、綺麗なナイフが出来上がった。鱗が三枚あったので三本ほど。

早速《さっそく》ゴーレムの両手に二本取りつけて、枝を切ってみる。

すると何の抵抗もなく、枝は切り落とされた。

「おみごとです！　流石《さすが》は主様の作ったモノ」

「けっこう良いな。切れ味は最高だ」

この調子で、次はリンゴだけを切り落とせるか試してみよう、と思ったのだが、

「主様。モンスターが来ていますね」

サクラが指をさした方向を見ると、そこには長い牙《きば》を生《は》やしたイノシシがいた。

「ブルルルル……」

どうやら興奮《こうふん》しているようで、血走ったその目には明らかな敵意がある。

というか、走って襲《おそ》いかかってきた。

「おう、血気盛んだな」

だが、ちょうどゴーレムを作ったばかりだ。

ちょうどいいので任せることにする。

「ゴーレム、パンチで迎撃《げいげき》」

と、指令を出した瞬間、思い出した。

ゴーレムにはドラゴンの刃が装備されていたことを。

「あっ……！」

気づいた時にはもう遅い。

高速で突っ込んできたイノシシを、ゴーレムはナイフパンチで迎撃した。

「――」

率直《そっちょく》に言って、スプラッタなことになった。

真っすぐな突撃にカウンター気味で入った刃は、イノシシの体を見事に真っ二つにしてしまった。

「切れ味……良すぎたな、これ」

「そ、そうですね」

リンゴ畑が血まみれである。

もう少し刃を鈍《にぶ》らせないと、色々と危険だなこれ。

とりあえず、この血まみれになったゴーレムから刃を取り外そうとしていると、

「こんにちはー。金を渡しに来たのだが――って、うああああ!?」

森の向こうからディアネイアがやってきた。

血まみれ状態の俺とサクラとゴーレムに腰を抜かしている。

「な、なんだこの惨状《さんじょう》は!?」

「いや、リンゴの収穫現場の筈だったんだけどなあ」

「どう見ても、地獄の集会か何かだぞ!?」

失礼な。

ちょっと強すぎるものを作ってしまっただけだ。

あと、また微妙に漏《も》らしてるな、この魔女姫。股《また》のあたりにシミができているから分かってしまうのが嫌だ。

来るたびに腰を抜かしてマーキングしていくとか、犬か何かなのか。

「まあいい。一体、何をしに来た、ディアネイア」

「う、うむ、この前の礼に金をな。持ってきたんだ」

震えながら彼女はいつもの革《かわ》袋を差し出してきた。

「ああ、ありがとう」

「今回は高く売れたので、八十万ゴルドだ」

そうか。使い道がないけど、いつものように貰《もら》えるものは貰っておこう。

……この頃は使い道がなさ過ぎて、食糧《しょくりょう》を運んできてくれる人狼《じんろう》たちに渡したりしているんだけどさ。

それで人狼たちは街の住人から色々と購入しているらしい。

結果的にカネは回っているからいいだろう。

経済が回るのは悪いことじゃない。

「しかし、アンタも間《ま》が悪いな。モンスターを退治《たいじ》した瞬間に来るなんて」

「モンスター？　まさか、こちらに来たのか？」

ああ、来たからこんな血まみれになっているのである。

そこに死体もあるぞ。

「これは……ファブニール」

「へー、そんな名前なのか」

「あ、ああ。四足のモンスターの中ではかなりの上級種で、食用にもされる存在だ。だが何故《なぜ》、こんなところに……？」

なんでそんな不思議そうな顔をしているんだ。

この森にはモンスターが普通にいるんだろう？

人狼からも聞いているぞ。

「あ、いや、この種は確かに森にいるのだが……モンスターというのは、野生の勘《かん》が鋭くてな。魔力の豊潤《ほうじゅん》な土地を求めると同時に、強者に近づかない傾向がある。だから、いくら魔力が豊富でも、貴方のいるこの土地には近づかないと思うのだ」

でも、今しがた襲ってきたばかりなんだが。

「だから不思議なのだ。もしかしたら、それ以外の脅威《きょうい》から逃げてきたのかもしれないな」

ふむふむ、この世界の生物のことはあまり知らないから勉強になるな。

流石は姫。博学だ。

「いや、基本知識なので、あまり褒《ほ》められても困るが。……ところで、貴方の持っているその刃物は、なんなのだ？」

「え？　ただのナイフだけど。ほら、アンタの足元にも一本落ちてるだろ？」

む、とディアネイアは足元のナイフを拾った。そして、

「え……!?」

驚愕《きょうがく》して、目を見開いていた。

「な、なんでこんな所に、極飛竜のウロコが無造作《むぞうさ》に捨ててあるんだ！　しかも加工済みの!!」

「ああ、作ったはいいけど、一本余ったんだよ」

「つ、作った⁉　貴方がか⁉」

「おう」

言うと、ディアネイアは、ナイフに目を落とした。

じっと、モノ欲しそうに、見ている。

「欲しいのか？　欲しけりゃやるぞ？」

「え？　……い、いいのか、こんな魔法の触媒《しょくばい》として貴重なモノを……」

「なんだ？　そんなに珍しいのか？　ただの竜の鱗の刃物だぞ？」

「た、タダのって……⁉　――い、いや、そうか。貴方からすると、そういう認識なのだったな」

ディアネイアはめちゃくちゃ興奮している。

ああ、そういや、飛竜は素材になるんだっけか。

じゃあ、そこそこ価値のあるものなのかな。

いつも金を配達してもらっているし、配達料金としては、ちょうどいいかもしれん。

他に用途がないしな。

「あ、でも、切れ味が鋭すぎて危ないから、それだけは気をつけてな？」

「わ、分かった！　では貰っていく。この借りも必ず返すぞ！　ちゃんと金は持ってくるからな！」

なんかモノをあげたら金が返ってくるのが定番、みたいなやり取りになってきたな。

あの魔女姫は商人か何かの真似《まね》ごとでもやっているのだろうか。

「そ、それじゃあ、用も終えたし、私はこれで失礼する！」

「おう、じゃあな」

俺も、このナイフの切れ味を落としたら、帰って寝よう。

それだけで、リンゴの収穫も自動化できるだろうし。

一日一仕事。うん、十分働いてるな。

Chapter 4

成長する我が家

ウッドアーマーとウッドゴーレムのお陰《かげ》で庭造《にわづく》りは順調である。

たとえ大きな岩があっても樹木の合成量を増やせば、アーマーも大きくなる。

さらに大きな力が必要だとしても、樹木の量によって出力も上がるので、力仕事で困ることはない。

大体のことにおいて、柔軟な対応が可能だったりする。

気になるのはやはりでっぷり体形だが、最近は記憶の中の仁王《におう》像を使ってシェイプアップしたりしているので問題なし。

庭も庭で、拡張したのに合わせて、リンゴ畑とトラップを一気に増やした。

トラップの作り方にも慣れてきた。

体の中にある魔力を、家を通して出す感覚だ。

何もかもが、順調に進んでいたのだが、

「ふう、腹が減った。サクラ、メシでも——って、大丈夫か？」

その日、サクラの様子がおかしかった。

いつものように昼頃に起きて、夕方まで活動して家に戻ったのだが、

「は、はい……大丈夫、ですよ」

どうにも、顔色が悪いような気がする。

「どうした？　一旦《いったん》、家で休むか」

「いえ、それは主様《あるじ》の迷惑に――」

喋《しゃべ》っている最中に、サクラは俺の方に体を倒してきた。

「とと、本当に大丈夫か?」

「あ……すみません」

立ちくらみするなんて、明らかにおかしい。

でも、このまま聞いても、『大丈夫』の返答がきそうなので、

「サクラ、俺は君の所有者として確認したいんだが……今の体調はどうなっている?」

そう言うと、観念したようにサクラは喋り出した。

「魔力を、一時的に消耗《しょうもう》しすぎたようです」

「あー」

最近は罠《わな》を作ったり、アーマーを常《つね》に改良し続けていたり、とサクラと同期し続けていることが多かった。

サクラと同期すると、俺の魔力消費はかなり抑えられる。

だが、その分サクラの消費が多くなるようだ。

ここまで疲れているのはそれが理由か。

「それに加えて、つい、主様といるのが楽しくて、補給せずに過ごしてきてしまいましたから、自業自得《じごうじとく》です」

「龍脈《りゅうみゃく》から常に供給されているので、それを受け取れば大丈夫です。数時間休めば元気になりますので」

「治るのか？」

汗《あせ》をかいた顔で笑うが、辛《つら》そうだ。

しかも、彼女の体調が悪いからか、家の調子がおかしい。

ギシギシと軋《きし》むような音がしている。

「申し訳ありません。私が弱っているから、家も弱っていますね……」

家の精霊だ。

彼女が弱れば、家も弱るのだろう。

「……早く治す方法はないのか？」

なんだか、心配だ。

俺みたいに食ったり寝たりで、すぐに補給するとかできないのだろうか。

「あるには、あるのですが……。主様から補給することになるかと」

なんだ。方法があるんじゃないか。

「俺が補給することで治るんなら別にかまわん」

存分《ぞんぶん》にやってくれ。

どうやって補給するんだ？

「あの……そうですね。ええと、魔力を満たすには、三大欲求を満たすのが一番と言われていますよね？」

ああ、そうだな。

食事とか、睡眠で俺は回復するわけだし。

「それで、その……私の場合は、性欲、を満たしてもらう必要があります」

「……うん？」

聞き間違いかな。

サクラ、もう一度言っておくれ。

「ですから、性欲、です……」

サクラは顔を赤くして、恥《は》ずかしそうに言ってくる。

「えっと……食欲とか、睡眠欲じゃ駄目なのか？」

「私はほとんど睡眠をとりませんし、食事でもほとんど回復できません。むしろ食事で回復できる主様がすごいんです」

そう言えば、サクラが眠った姿を見たことがない。

あと、食事もそんなに取らない。

かなりの小食で、よく保《も》つなあ、と思っていたのだが、

「なるほどなあ……って、いつもは、どうやって補給を？」

「ええと……こんなに消耗することはないので、自分で慰《なぐさ》めていたりとか。でも、それだけじゃ間に合わなかったようです」

気づかなかった。

思いっきり爆睡《ばくすい》してたし、俺。

「と、ともあれ、一度、休めば治りますので……」

サクラは申し訳なさそうに顔を伏せた。

「んー……でもさ、サクラ、俺から補給を受けた方が、確実に、早く治るんだよな？」

「は、はい、それはもう。休憩《きゅうけい》するよりはるかに、効率的に魔力を回復できますので」

なるほど。

じゃあ決まりじゃないか。

「よし、サクラ。やるぞ」

「え？」

「君の欲を満たそう」

「——よ、よろしいのですか⁉」

うお、声がでかくなったな。

そんなに驚くことか。

「だって……私は、ただの精霊ですし。主様に見合うかもわかりませんし。いいのかな、と思って……」

「少なくとも俺は、いいと思っているよ」

サクラは可愛《かわい》いし、性格も好ましい。いなくなられると困るくらいに、大事だと思っている。

サクラが拒《こば》まないのであれば、俺は喜んでこの体を貸そうと思う。

「それは……本当に嬉《うれ》しいです……」

「サクラ……？」

サクラは微笑《ほほえ》みながら、涙ぐんだ。

「私は……主様が生まれた時からずっと、お慕《した》いしておりましたので。……なので、これは本望《ほんもう》です」

そんなに前から俺のことを見ていてくれたのか。有り難いな。

「ああ、俺もサクラの辛そうな姿は見てられないからな。俺の安住の地がなくなるのと同じくらい困る。だから――」

「――はい、一緒に……」

そして、俺とサクラはそのまま体を求めあった。

サクラは、膝枕《ひざまくら》で寝ている主を見ながら、過去を思い出していた。

かつて日本にいた時の、自分という存在が希薄《きはく》だったころの夢だ。

五十年前、龍脈を抑える家として生まれたのが自分であったが、意思が確立されたのは、主の祖父と主の両親が引っ越してきて、主を生んでからだった。

ある意味、自分と主は同時期に生まれた存在ともいえる。

とはいえ自分は精霊だ。

一年もすれば、すぐに知能も体も成長した。

だから、ずっと見ていた。

赤ん坊のころから、ずっと。成長しても、家の中で走り回る彼をずっと、見ていた。

最初は、子供だなあ、とか、小さいなあ、などとしか思っていなかった。

実際、日本にいるときから自分の存在は強かったし、人間なんて、という気持ちがどこかにあったのだろう。

……だけど、私は分かってなかった。

家は住むものがいなくなれば、存在する理由がない。

自分という存在は、住む人がいなければ、ただ朽《く》ちて消えるだけなのだと。

ひと時、彼と彼の祖父と両親が旅行に行って、しばらく帰って来なかったことがある。

寂《さび》しい、とその時思った。

辛い、とその時思った。

賑《にぎ》やかな声がしない家が、人のいない家が、とても恐ろしく感じた。
己《おのれ》の存在意義が揺らいで、消えてしまいそうだった。
そこで初めて、自分は、消えたくない、と思った。
死にたくないと思った。
「だから――一番最初に主様が帰って来た時、私は安心したんですよ」
幼《おさな》い彼がにこやかな笑顔と共に、「ただいま」と言ってくれた。
その一言が救いになった。
私は帰ってくる価値のある存在なのだと、肯定《こうてい》された気分になった。
それから、ずっとずっとずっとずっと、慕っていた。
幼い彼が少年になっても。
青年になっても。
大人になっても。
ずっとずっとずっと、見守っていた。
彼の祖父がいなくなっても、両親がいなくなっても。
彼はずっと、自分に住み続けてくれた。
そんな彼を、狂おしいまでに慕っていた。
――でも、彼には私は見えなかった。

当然だ。精霊なんてもの、現代日本では顕現《けんげん》できない。

だから、彼がどこか虚空《こくう》を眺《なが》めていて、自分と目が合った時なんて、昇天《しょうてん》しそうなほど興《こう》奮《ふん》した。

——そして、この世界で私を認めてくれた時、涙が出るほど嬉しかった。

サクラ、と私の名前を呼んでくれたことが嬉しかった。

自分を必要としてくれるのが幸福だった。

彼が自分のことを覚えていて、知っていてくれるのが本当に——。

「彼だけが私の主であり、彼だけが自分に住んでいい、ただ一人の人間」

自分を守るために力を振るい、自分を癒《いや》すためにその体を交わらせてくれる。

下腹部にはまだほのかな痛みがあるけれども、それすらも愛《いと》おしい。

「主様……お慕い、申し上げております。私のすべては主様のもの。ですから、いつまでも、永遠に、貴方《あなた》と共に……」


——次の日、俺の家に一階が生《は》えていた。

「何が起きた……!?」

正確には、二階建てになった、というべきか。

今まで住んでいた俺の二LDKが二階で、一階が新しくできている。

正午《しょうご》あたりに、サクラがお腹《なか》に触れているなと思ったら、

――ゴゴゴゴッ。


という音を立てて生えてきたのだ。

「えっと……主様の魔力にずっと触れていたので、できちゃったみたいです」

お腹をさすって顔を赤らめているけど子供が、じゃないよね。

どう見てもこれ、新しい階層がだよね。

「私は家の精霊ですから。子供だって家ですよ」

「あー……」

そう言われると何の反論もできない。

家と交わると増築されるのか。初めて知った。

「主様から魔力を受け取って、飽和《ほうわ》した分はこうして新たな建物になるようですね」

「お、おう……。ちょっと、下、見てくるか？」

「はい、一緒に行きましょう」

サクラと共に、昨日までは存在しなかった、大きな階段を下って一階へ。

　そこは上よりも広かった。

　三ＬＤＫだ。

　押し入れなどの設備もある。

「凄《すご》いな、サクラ」

「凄いのは主様ですよ？　この部《子》屋を構成した魔力は、ほとんど主様のものですし。私はただ、回復させてもらっただけですし」

　そうなのか。いや、でもこの増築にはビックリしたぞ。

　というか、二階に戻って窓の外を見たら、庭の方にも小さな小屋がひとつ建っているんだけど。

「ああ、離れですね。あれも私の子供かと」

　本当にすごいな魔力補給！

　いきなり建造物がポンポン生えてくる。

「まあ、住む場所が増えるのはいいことだ」

「はい、誰かを呼んで、賑やかにするのもよろしいかと」

　おいおい、家主でもやれというのか。

　気の合う奴《やつ》がこの世界にいるのなら、呼ぶかもしれないけど、今はいないぞ。

「そうですね。主様の思うがままに、お願いします」

　ただ、とサクラはもじもじしながら前置きして、

「――願わくば、この本宅の最上階には、主様に住み続けていただきたいと思っています。そこが私の、本体なので」

「ああ、そこは変わらないから大丈夫だ」

　俺は住み慣れたこの家が。あの部屋が。あの二ＬＤＫが一番落ち着く。

　あの布団《ふとん》と、あのテーブルと、あのカーテンが、とても落ち着く。

　だから変える気はない。あそこは俺の最重要テリトリーだ。

「……良かったです……」

　サクラはほっと息を吐いた。

　なんだ今の今まで緊張していたのか？

「はい、広い部屋や離れを見て、私よりもこっちがいいと思われたら、どうしようと」

「もしも、思っていたらどうしてたんだ？」

「頑張って本体を広くしていました！　主様に求めてもらえるほど、広く！」

　サクラは熱を込めて言う。

　意外と負けず嫌いなようだ。

「主様は選ぶ側で、私は選ばれる側ですから。選ばれるように頑張りますよ、私」

「変える気はあんまりないから、安心してほしいかな」

なにせ二階からだと、庭が広く見渡せる。

リンゴ畑もより遠くまで見渡せるし、ゴーレムの指示も出し易《やす》い。

防衛力《ぼうえいりょく》も上がって、安住のしやすさも上がっているんだ。

ここから離れる選択肢《し》は、ない。

「主様……！」

サクラはとてもうれしそうに微笑んだ。

「主様の魔力があれば、私も、どんどん拡張できると思いますので、広くしたい時は言ってください ね」

「おう、そうだな。ただまずは、新しくできた一階をどう使うか、だな」

「はい！」

こうして俺の家は、倍以上に、広くなった。

「一階をどう使えばいいんだろう」

サクラお手製のアップルパイを食べながら、俺は考えていた。

「主様のお好きなようにどうぞ」

好きなように、と言われても。

なにしろ生まれてこの方二ＬＤＫ一筋《ひとすじ》だ。

広い部屋に住んだことがないので、どう使っていいのか分からない。

「今のところ、ただのウッドゴーレムとリンゴ置き場だぞ」

収穫したリンゴや、外に置ききれないリンゴの木をゴーレム化して、保存しているのだ。

だから、一階にリンゴのいいにおいが滅茶苦茶《めちゃくちゃ》染みついて、空間そのものが芳香剤《ほうこうざい》みたいになっている。

「しかも、ウチのリンゴ、腐らないんだよなあ……」

「魔力が詰まっていますからね。とはいえ、日に日に抜けていきますが」

この前調べて判明したことだが、収穫してからしばらくたつと、リンゴ内の魔力が減るらしい。

鮮度のようなものだろう、と俺は思っている。

樹木になっている間だけ貯《た》めこんでいて、もぎ取ると翌日には半分になっている。

それでも腐らないあたり、本当にリンゴと呼んでいいのか分からない物体なのだが。

「部屋として使うにしても、家具はいるし、うーん……」

「その内、素材を集めて作るか、人狼《じんろう》さんに頼んで買ってきてもらいましょうか」

それもいいかもしれない。

人狼はほとんど行商人みたいになっているし。

それにモノを買うための金は、彼女が持って来てくれる。

「おっ、今日も来ているな」

窓の外、庭の入口付近に、魔女姫ディアネイアが立っていた。

いつものように革袋《かわ》を持っている。

「んじゃ、挨拶《あいさつ》に行ってくるわ、サクラ」

「はい、御夕飯を用意して待っていますね」


ディアネイアに会いに行くと、ヤケにそわそわしていた。

なんだか落ち着かないというか、見覚えのないものを見ているような感じだ。

「よう、どうしたディアネイア。落ち着かない様子だが」

「あ、ああ、貴方か。良かった。この家の形が変わっていたから、もしかして住処《すみか》を移したのかと」

そうか。一階が生えたことを知らないんだもんな。

「まあ、気にするな。というかこの頃よく来るよな、アンタ」

三日おきくらいには来ているだろう？

姫なのに、そんな時間があるのか。

「う、うむ、有り難いことに、この近辺の治安が良くなっているからな」

　ということは、昔は治安が悪かったのか。

　確かに俺も普通に暮らしていたら、いきなりヒャッハーとか言いながら魔女とか人狼が襲《おそ》ってくる地帯だったしな。

　最初は二日酔いと頭痛が残っていたから何にも感じなかったけど、今にして思うと結構な危険地帯だ。

「うぐっ……そ、それは本当に悪かった。反省している。だが、お陰で仕事が減っているのだ。この二日は徹夜もしていないくらいに」

「普通は徹夜するのか」

　よく見れば、彼女の眼《め》の下にはクマができている。

　結構な激務のようだ。姫という立場はもしかしたら、ブラック企業みたいなものなのかもしれない。

　仕事が残っているから寝られない気持ちはわかるけどさ。

「ここに来るのは私にとっても、意味のあることなのだ。だからまあ、受け取ってくれ」

　そして、彼女はいつものように革袋を渡してきた。

「今回は銀貨千枚入っている。約百万ゴルドだ」

「別にこういうお返しは、いらないんだけどな」

「いや、貰《もら》ってばかりでは悪い。ただでさえ、貴方と貴方の家があるだけでこの地域は、魔力的に豊潤《ほうじゅん》になっているのだから」

あん？　それはどういうことだ？

「説明していなかったか？　ここの地脈《ちみゃく》と貴方は大量の魔力を蓄《たくわ》えていると同時に、それを溢《あふ》れさせているんだ」

魔力を発生させているのは分かっていたが、魔力が多いと何か良いことがあるのか？

「まず、作物や家畜などがよく育つ。生命の力の源《みなもと》だからな。それゆえに、動物から採《と》れる素材も良質となり、豊かになるのだ」

「へえ、すげえな」

「つまり、貴方が好きなように出歩いて、貴方が好きなように魔力を使うだけで、私の都市は豊かになる。私がいつもお金を渡しているのは、そのお礼というのもあるのだ。この都市の近くにいてくれてありがとうございます、というな」

なるほど、お礼か。

本当に律儀《りちぎ》だな、この魔女姫は。

そんなことなにも知らない俺にずっとお礼の金を払い続けていたとは。

……そもそも、こちらに呼ばれた原因も、この魔女姫たちなんだけどさ。

なんとも言い難い感情が胸に湧《わ》いてくるよ。

「まあ、魔力が濃すぎると毒にもなるので、注意は必要なのだがな。私は今日までの経験で慣れはしたが、この地脈の中心には近づけないし、普通の人間がここに来たらまず気絶するだろう」

「俺が普通に暮らしている家を、毒沼みたいに言うんじゃない」

流石《さすが》に失礼だぞ。

「うぐっ……、す、すまない。失言だった」

「本当だよ。というか……さっきからずっとキョロキョロしているのは、なんでだ。慣れたんじゃないのかよ」

「い、いや、その、慣れたと言っても、前までてな。……さ、先ほどから気になっていたのだが、あの部屋はなんなのだ？」

彼女が指差したのは一階。

大きな窓のある部屋だ。

その窓から見えるのはギッチリ詰まったゴーレムたちだ。

カーテンがないので外から丸見えになっている。その様子は樹木の人形たちがこっちを見ているような感じになっていてちょっと怖いが、

「あれは、ただのゴーレム置き場だ」

「ただの……？　見た感じだと、かなりの魔力が詰まったゴーレムたちのようだが、その……

何の用途があるんだ？」

用途？　んなもんない。

ないからあそこに押しこんであるんだ。

そう言うと、ディアネイアは目を丸くした。

そして冷や汗を流しつつ、口を開いた。

「えっと……これは聞くべきなのか、迷うが、……貴方は私の都市の侵略とかを、考えたりしているのか？」

「はあ？」

いきなり何を爆弾発言しているんだ、この魔女姫は。

「い、いや、怒らずに聞いてほしい。あれは、私たちからすると非常に強力で、過剰《かじょう》な戦力に見えるのだ」

過剰な戦力って、何をビビってるんだ。ただのリンゴの木だぞ。

近くで見ればそれが分かるだろう。

「ちょっと、こっち来い、ゴーレム」

一体を呼びだして見せてやると、

「ひっ……ちょ、ち、近づけないでくれ。あ、圧倒されるんだ！」

思いっきり後ずさりされた。

ただのリンゴの木を削《けず》って作った可愛いゴーレムなのに。

めちゃくちゃ怖がられてしまった。

ゴーレムもどことなくシュンってしてるじゃないか。

「うう……、すまない。だが、本能が生命の危機を感じたのだ」

「想像力が豊かで結構なことだが、俺は侵略とか考えたこともねえよ」

したいとも思わない。

俺はこの家と庭だけで満足しているのだから。

「……そうか。それならば、良かった」

ディアネイアはほっと一息ついた後で、苦笑した。

「まあ、貴方の力なら、そんな準備なんてしなくても、王都くらいは落とせるだろうから。聞くだけ意味のないことだったな」

だからしないっての。

さっきから人の話を聞いているのか？

「……すまない。私も少し疲れているのかもしれないな。どうにも悪い考えばかりが浮かんでしまう」

確かに疲れている時はマイナス思考になりやすいけどさ。

こっちに飛び火させるんじゃない。と、同情しつつも、呆《あき》れていると、

「お……？」

ゴーレムの背中にリンゴが一つくっついていた。

……これはちょうどいいかもしれない。

「おい、ディアネイア。これ持っていけ。配達賃だ」

リンゴをもぎって、ディアネイアに渡す。

「リンゴ？」

受け取ったディアネイアは最初、首を傾《かし》げていた。

が、すぐに食い入るように見つめた。

「……やけに濃密な魔力が詰まっているが、なんだこれは!?」

「アンタ、魔法使いなんだろ？　なら、疲れている時にそれ食べると、元気になるらしいぞ」

それくらいなら、彼女でも食べられるだろ。

「い、いや、確かに、この量ならば、回復は確実だろうが……いいのか？」

「疲れてるんだろ？　なら、食って回復して、マイナス思考は止《や》めろ」

そうすれば、俺が侵略するとか、変な考えもなくなるだろ。

「う、うむ、そうか。で、では頂こう。このお返しも、またいずれさせてもらう」

「だから、もうそれはいいって」

そのまま、リンゴを一つ手土産《てみやげ》に、ディアネイアは帰っていった。

さあ、金も受け取ったし、俺も家に帰ろう。

人狼に金を渡してカーテンでも発注しつつ、サクラが作ってくれる夕飯でも食うか。


率直《そっちょく》に言おう。

やり過ぎた。

いつのまにか我が家が七階建てになっていた。

「これ、もうビルだな……」

「そうですねっ」

サクラはにこにこつやつや、笑顔である。

「エレベーターも、付いているんだな」

「はい、魔力で似たような装置を作りました！」

寝て起きて食べて散歩して、サクラと仲よくして寝る。

こんな生活を一週間続けた結果がこれである。

正直、かなりただれた生活をしてしまっている自覚はある。

「いや、でも、俺、回数はかなり少ない気がするんだけど」

むしろ、一週間のうち一回しかしていない。

それ以外は添い寝していたくらいなのに。

どうしてこんなにできたのか不思議である。

回数的に言えば、せめて一階層だけだろう。

「主様の魔力が強すぎるので、一度しただけですぐに満タンになるようです。だから一度した後、しばらくの間は、触れるだけでもできるようになったのだと思います」

「え？　つまり……添い寝しただけで増築されると？」

「はい！」

おいおいおい、
更《さら》に増築方法が簡易化《かんいか》されたよ！

いや、別に家が大きくなるのは良いんだけどさ。

「ここまで来ると、下の方とか見えないんだよな」

一直線に建っている物だから、窓から下を覗《のぞ》き込んでも、中がどうなっているのか分からない。

警備とか大丈夫なんだろうか。

ここ数日、最上階と一階以外は出入りしていない。

一応、同期して確かめたり、ゴーレムとかに任せているけどさ。

「大丈夫ですよ。主様のゴーレムがあれば、基本的に侵入者なんて楽勝です！」

確かに、侵入者は即座に排除《はいじょ》するようにしている。

二階には、あのリンゴ収穫用の刃物ゴーレムがスタンバイしているし、三階には新たに岩で作ったゴーレムを置いてみた。

重みで床が抜けるかなあ、とも思ったが、サクラというか、我が家は魔力でコーティングされているらしく、かなりの重さに耐えられる頑丈《がんじょう》さがあるらしい。

更にそのほとばしる魔力のお陰で、弱い虫とか、獣《けもの》とかが迷い込んでくることはない。

盗賊《とうぞく》などにも、まだ襲われたことはない。

「だからまあ、警備とかはオッケーなんだけどさ。――本当に、余った部屋の使い道がないんだよな」

一階ができただけで、使い道で四苦八苦していたのに、それが六つ重なった。

どうしよう。使い道に悩む。

選択肢がリンゴ置き場か、リンゴの木置き場か、ゴーレム置き場か、人狼が持ってきた食《しょく》糧《りょう》置き場しかない。

というか、それが一階だ。

一階と最上階しか使ってないいんだけど、いいのかこれ。

「そこまで急いで決めないでもいいいんじゃないでしょうか。別に腐るものでもありませんし」

「まあ、それもそうなんだけどな」

グダグダ言ってきたが、別に悪いことではない。

特に、最上階の景色はすばらしいんだ。

朝昼晩で、それぞれの空がきれいに見えるし、

「遠くまで見渡せるから、地理も分かってきて面白《おもしろ》いんだよなあ」

自分の家を中心に、西には岩場が、東には森がある。

森の奥の方には街らしきものが見える。

あそこが、魔女姫の言っていた王都だろうか。

「こんなに見晴らしがよくて、住み心地のいい場所で、毎日食っちゃ寝できるんだから、贅沢《ぜいたく》だよな」

「ふふ、褒《ほ》めていただいて、ありがとうございます」

それにこの頃、自宅の上空を飛竜《ひりゆう》が飛ぶこともなくなったし。

空を羽ばたく音で睡眠を妨害されることもない。

この高さがあると、自宅の周囲は完全に俯瞰《ふかん》できるし、防衛する時の見張り台にもなる。

……まあ、同期があれば、見る必要すらないけれども。

視力も多少は上がっているので、森の中にいる人狼なども見えるし。

……というか、あいつら今日も旅人を案内してんだよな。

なんでもこの頃、金を稼《かせ》ぐことを覚えたらしい。

森を抜けたい人間と交流したり、商人と物々交換をして、俺への食いものを調達していたりもする。

王に渡す食料が毎日同じものでは駄目だ、という気持ちがあるのだと、人狼のリーダーからは聞いている。

さすがに悪いので断ろうとしたら、

『至《いた》らぬこの身と命をもってお詫《わ》びします！』

とか言い出したので、断れなかった。

「まあ、平和的にやってて、俺に迷惑かけないなら、なんでもいいけどな」

うんうん、と頷《うなず》いていると、人狼がこちらを向いた。

どうやら俺の視線に気づいたらしい。

相互の間で数百メートルの距離があるのだが。そう言えばこの前、

『我が王の魔力は強すぎるので、他人の視線とは異《こと》なっています。故《ゆえ》に、我ら人狼は、主様の視線であれば、どれだけ距離が離れていようと、感じることができます！』

なんて言われてしまったことを思い出す。

現に今も気づかれているし、事実なようだ。そして、

「うわ、人前で土下座《どげざ》すんなって、あいつら」

こちらを向いて、膝をついて礼をしまくっている。更には、

「我らが王よ――!!　我々は今日も、我らが王のご命令通り、平和的に過ごしておりますぞ――!」

土下座しながら、滅茶苦茶大きい声で言っている。

……は、恥ずかしい!

すごく気まずいから本当にやめてほしいんだけど!

旅人もすっごくビックリしてるしさ。

「これ……あとで人狼のリーダーと話さないと駄目だな」

「慕われているんですよ、主様は」

あれは慕っているとかそういうレベルじゃないと思う。

このまま恥ずかしい目にあうのも嫌だし、後で言い含めておくとしよう。

「……でもまあ、こうして、色々な場所を観察できるようになったのも、家が大きくなったからだよな」

本当に悪いことじゃない。

だからもうちょっとだけ、拡張拡大しても、いいのかもしれないな。


人狼に注意をした翌日のことである。

庭の前。

そこにはいつもと同じように、人狼からの届けモノ（食料品）が置かれていたのだが、

「……お待ちしておりました、我が王よ」

「お、王様、こんにちは」

今日、置かれていたのは食材だけではなかった。

人狼の男女が平身低頭《へいしんていとう》状態でいた。

その内の一人は見覚えがある。

「ええっと……ガロウ、だっけ？」

「はっ、人狼のオサ、ガロウ・ガリュウです！　覚えて頂き光栄です！」

いや、そこまでかしこまらないでもいいから。

平伏《へいふく》もしなくていいし、顔を上げて喋ってくれよ。聞き取りづらいんだ。

「了解しました、我が王よ！」

そして、人狼二人は顔を上げる。というか、そっちの女の子はなんだ。

イヌミミと尻尾《しっぽ》をピンッと張っていて、もふもふしてそうで可愛い子である。

だけど、見たことがないぞ。

「はい。こちらは我が妹。リリイ・ガリュウです」

「り、リリイです。王様、よろしくお願いします」

人狼の女の子は、フワフワした毛並みを震わせながら、頭をもう一度下げてきた。

「ああ、よろしく。で、今日は一体なにをやっているんだ？」

聞くと、ガロウは物凄《ものすご》く神妙《しんみょう》そうな顔になった。

そして、重々しく口を開いた。

「――先日、我らの行動にご不満があられた、ということで。このリリイを捧《ささ》げ物とさせていただきますので、どうかお許しを、と思いまして」

「はあ？」

「この娘は我が妹ながら、内蔵している魔力が非常に豊潤でして、きっと我が王のお気に召すかと!!」

「は、はい……どうぞお食べください。この命、王様のために捧げます……」

待て待て。話が飛躍《ひやく》しすぎだ。

というか食べるってなんだ！

話の流れからすると物理的に食べる感じになってるぞ！

「いえ、魔力の豊潤な物を食べると、捕食者《ほしょくしゃ》の魔力も強化されますので。このリリイは人狼の中でも特異な力を持っております！　なので、食べるだけで力が格段に跳《は》ね上がると思われます」

へえ、そんな特徴があるのか。

「ですから、どうぞ、お食べください！」

「お食べください……」


「――って、食べるかバカ野郎！」


突っ込みで大声を出したら、魔力が発露《はつろ》した。

「――っ!?」

目の前の人狼二人が吹っ飛んでしまった。

ああ、もう、久しぶりに大声を出したから加減ができなかったよ。突っ込みひとつできないとは面倒《めんどう》だな。

「わ、我が王よ……どうか、怒りをお鎮《しず》めください……」

「うう……」

ガロウは震えてるし、リリイって子は泣いちゃってるしさ。

酷《ひど》い状況だ。

だが、ここで喋るのを止めるわけにはいかない。

「おい、ガロウ。お前は勘違《かんちが》いをしている。俺は別に怒ってはいない。俺は確かに不満を言ったが、あの派手《はで》な崇《あが》め方をやめてくれればそれでいいと言ったんだ」

言うと、ガロウは声と体を震わせた。

「我らを許す、というのですか？　貴方を襲った、我らを」

「許すも許さないも、もう終わっているんだよ、俺の中では」

怒ったのは、最初の襲撃《しゅうげき》のときだけだ。

あの時はぶっ飛ばして、その後謝《あやま》ってきたから、それで終わり。

俺の中ではそれで片付いている。

「わ、我々は、降伏《こうふく》したのですよ？　我が王は、我々を道具のように使っても、何を命令しても、何の文句も出ないのですよ？　それなのに、許す、と？」

何の話をしているんだか、この人狼の長《おさ》は。

俺が言いたいのは二つだけだ。

「俺に迷惑をかけない。あと、誰かれ構わず、襲わない。俺がお前らに命令するとしたらこれだけだよ」

そして、先日の崇め方は俺にとっては迷惑だった。

だから注意した。それだけの話だ。

「だから俺は、注意したことを守れば、あとは何も言う気はない。追加で何かを貰う気もない。分かったな？」

そう言うと、ガロウは静かに頭を下げた。

そのまま自然と地面に額《ひたい》をつけて、

「……ご寛大《かんだい》な、配慮、ありがとうございます。やはり、貴方は、我が王にふさわしいと思います」

「あ、ありがとうございます！」

リリイも涙をボロボロ流しながら頭を下げてきた。

どんだけ怖かったんだよ。俺、結構やさしく諭《さと》したつもりなんだけどなあ。

人狼とはいえ、可愛い女の子に泣かれると、心が痛くなるじゃないか。

「……まあ、そういうわけだから。これからも適度によろしく頼むわ。お前らが食材を持ってきてくれるのは、俺もすげえ助かっているからな。ちゃんと代金を払ってでも頼みたいと思っているくらいに」

「め、滅相《めっそう》もない！　あれは、降伏を受け入れてくださった我が王への感謝を形にしたものです。少なくとも、手前と手前の子孫が生きている間は、続けさせてもらいます！」

「……おう。ありがとう」

これ以上何を言ってもこじれるだけになりそうなので、流しておくことにした。

貰っておいて損《そん》はないしな。うん。

「さあ、用件はこれでおしまい。二人とも、さっさと帰った帰った」

「はい！」

「ありがとうございます、王様！」

そして、人狼の兄妹は涙を流しながら帰っていくのだった。

なんだか、今日は疲れた。

物凄く元気な犬を相手にして遊んだ後のような疲れ方をしている。

今日はもう、飯《めし》食ったら寝てしまおう。そうしよう。


「これより、恒例《こうれい》の酒宴《しゆえん》を開始する。皆のもの、用意はいいか！」

人狼の長、ガロウ・ガリュウは、仲間たちに囲まれながら酒宴の音頭《おんど》を取っていた。

「今宵《こよい》もこの酒宴を迎えることができたことは幸いである。皆のもの、存分に飲み、存分に話すように」

「おう！」

この酒宴は毎月二回、開かれている。

仲間内での情報交換や、仕事結果の報告などを行うためにだ。

普段は狩《か》り、奪ってきた獲物《えもの》を肴《さかな》にしているが、今日は違っていた。

森の中からでも見える巨大な塔。

それを肴に、人狼たちは酒盛りをしていた。

「我らが王の統治に！」

「我らが王の自由に！」

「「乾杯《かんぱい》！」」

木製のジョッキがぶつかり合う音と共に、酒宴は始まった。

一気に酒を呷《あお》るガロウに、何人かの人狼が近づいてくる。

部隊の隊長たちで、昔から仲よくしている幼馴染《おさななじ》みたちだ。

「なあ、オサ。今日は王のところに行って来たんだって？　しかも俺たちのアイドルであるリリイちゃんを連れて、よ……」

「ああ、失態《しったい》を詫びに行ったんだが、簡単に許されてしまったよ」

なんて寛大な王なのだろう、とガロウは先日のことを思い出す。

目の前に立っただけで背筋《せすじ》が震えるほどのプレッシャーが、今になっても恐怖感と共に甦《よみがえ》るが、それでも、思う。

「凄いよな、我らの王は。普通は、全面降伏した一族など、慰《なぐさ》みものにされても文句は言えないのに」

言うと、部隊長たちは申し訳なさそうな顔をして、ガロウに頭を下げた。

「……本当に、お前だけに責任を押しつけちまって悪かったな。リリイを連れていくのだって、相当な決意だったろうに」

「はは、気にするな。一族の長としては当然で……本当に、王には救われたよ」

大事に大事にしていた妹を、血の涙を流しながら送りだすことを決意したあの時は、どうしようもない気持ちでいっぱいだった。

力の足りない自分への悔《くや》しさと怒りと、情けなさではちきれそうだった。

けれど、今は王への感謝でいっぱいだ。

「リリイちゃんには本当に悪いことをしちまったなあ」

「気にすることはない。むしろ今回の件でリリイは我らが王を憧《あこが》れの存在として、認識したようだからな」

ガロウは酒宴の中心にいる妹を見る。彼女はお酒を片手に、ぽーっと上《うわ》の空の状態になっている。

「俺たちのアイドルが王に取られたか！　……でもまあ、王なら仕方ないか」

「ああ、仕方ないな」

彼は本当にすごい男だ。

「我らが王はあっという間に、この地と我々の情勢を塗り替えてしまったしな。感謝してもしたりない」

「そこもだよな。ここまで安全な生活を送れるようになるなんて、思わなかったぜ」

モンスターや森に住む他種族と争い、人間たちとも戦い、奪い奪われる生活が普通だった。

だが、今は違う。危険なモンスターは森に近づかず、王の不興《ふきょう》を買わぬように他種族との争いは少なくなった。

更には、王が『食料と引き換えだ』と言って下賜《かし》してくれる金銭のお陰で、人間との交流も増えた。

「俺が長になって以来……いや、ここ数十年で一番、一族が豊かになった」

「おう。こんなに美味《うま》い酒が飲めるのも、人間との交流が深まったお陰だぜ。つまりは、王が起点だもんな」

金銭があれば多くの交渉《こうしょう》ができる。

奪い、脅《おど》し、狩るだけではできなかったことができるようになった。

それが本当に大きかった。

……我らが王には、世話をしてもらってばかりだな……。

そう思って酒を呷る彼に、部隊長の一人が厳しい声をかけてくる。

「ただよ、オサ。すげえ安穏《あんのん》で有り難いけど、王の庇護《ひご》下に入ったからといって、安心しちゃあいけねえぞ」

「ああ、分かってるよ。俺は平和ボケにも、腑《ふ》抜《ぬ》けにもならないさ」

停滞していれば、あの人に見放されてしまうだろう。

それは望むところではない。

今まで以上に情報を集めて、あの人に献上《けんじょう》できるものを増やさなければなるまい。

「……そのためにも、今はとにかく酒宴だ！　明日から王への感謝を示すためにも、バリバリ動こうぞ！」

「おうよッ‼」

こうして、人狼の集会は盛り上がっていった。

白の月　42日　午前3:40

最近、人狼が街に来るようになった。
最初はなにか襲ってくるための下準備かと思ったのだが、
そうではないようだ。
人狼たちのリーダーが変わったわけでもないのに、
ここまで生活の方針転換をするとは。
そうなった要因は不明だが、プロシアは人外だろうと受け入れる都市だ。
彼らが平和な日常に協力的で、街をより
賑やかにしてくれる存在であるなら
喜んで迎え入れようと思う。
……しかし、地脈の男が来てからというもの、街の調子がいい。
彼と地脈のおかげで街外縁の魔力濃度が上がったようで、
農作物の成長速度が上昇したとの報告が相次いでいる。
そればかりか収穫量が増加したり質が向上したり、
良いことばかりが続いている。
とてもありがたい話だが、その事に甘えてはいられない。
私も、頑張らなければ。

Deianeia

Chapter 5

白焔の飛竜王

「最近、モンスターの襲撃《しゅうげき》が活発だな」

「そうですね」

俺は昼飯《ひるめし》を食べながら、庭に出現してきたモンスターを処理していた。

俺の隣に座るサクラと同期して調べてみると、相手は、先日と同じイノシシ型のモンスターだった。

何かをしながら同期するとかなり精度は落ちるのだが、弱めの相手ならばこれで十分である。

ゴーレムたちに『敵意を持つ者を吹き飛ばせ』と指示しておけば、勝手に吹き飛ばしたり投げ飛ばしたりしてくれるのだ。

窓の外ではリンゴの木が大乱舞しているのがよく見える。

そして、昼飯を食べ終わる頃には、

「ん、終わったかな」

庭に動いているものはいなくなった。

全《すべ》て庭の外にふっ飛ばしたようだ。

「お疲れ様です、主様《あるじ》」

「いや、こちらこそ昼飯ごちそうさま――って、あれ？」

なんだか庭に人型の生体反応がある。

ゴーレムが吹き飛ばさなかったということは、敵意のない輩《やから》なのだろう。

訪問者だろうか。

「ちょっと見てくるか。サクラ、片付け頼んでいいか？」

「はい、お任せください。いってらっしゃいませ」


洗い物をサクラに任せて庭に出ると、すぐにその生体反応の持ち主は見つかった。

「――あれは」

リンゴ畑の中に幼女がいる。

見覚えのある顔だが……何故《なぜ》だか髪と服が白かった。

この前は墨《すみ》をぶっかけたくらいに真っ黒だった筈《はず》なのに――

「よう、ヘスティ、だよな？」

声をかけると、彼女はこちらを見て頷《うなず》いた。

「ん」

なんでか2Pカラーみたいになっているが、やはり彼女だ。

俺がこの世界で出会った人間の中では、最も常識人に近いヘスティだ。

この前とは正反対の服装だが、イメチェンでもしたのだろうか。おしゃれな髪飾りもつけているしさ。

「この前のは、変装とメイク」

　変装って髪と服の色くらいで、何が変わるんだよ。

「結構変わる。我《われ》の髪、超、目立つらしい」

「あー、真っ白だからな」

　森の中でも一発で分かるくらいに白い。

「こっちが素《す》で私服。でも、白いまま旅をしていると、皆、うるさい。変なのにも絡《から》まれる。

この前は、仲間に染めてもらったのをそのままで、来た」

　なるほど。こんな幼女が旅をしているのなら、世話を焼く仲間くらいはいるか。

　いい環境だな。

「でも、もう、隠さなくていい。なにも。だから、こうしている」

「おお、隠さなくていいってことは、定住する場所でも見つかったのか？」

「……そう」

　こくり、と頷くヘスティ。

　旅が終わったから、黒から白に戻したのだろう。

　それは、いいことだと思うのだが、

「ん？」

　ヘスティの姿が、一瞬、死に装束《しょうぞく》を着ているように見えてしまった。

そんな俺の視線に感づいたらしく、ヘスティは首を傾《かし》げる。

「どうした？　我の服、何か変？」

「いや、ちょっと似たような服を思い出してな。死に近しい人が着る服なんだが……」

「これ、我の、一張羅《いっちょうら》だけど」

若干《じゃっかん》すねたような口調になられた。

「ああ、すまん、すまん。悪く言ったつもりはないんだ」

「でも、いい。間違っては、いない。これは、何か大きな、決死の決断をする時にしか、着ないから」

何か大きな決断、か。

定住というのも確かに大きな決断だな。

「住んでるのはこの辺《あた》りなのか？」

「そう。今日は……挨拶《あいさつ》と、この前の、リンゴのお礼」

この子もお礼か。

魔女姫といい、この子といい、なんだかこの世界の人間はやけに義理がたい気がするな。

いやまあ、あのお漏《も》らし姫は、最初は襲撃してきたけれども。

「今、時間、ある？」

「んー、今日はまあ、やることないかな」

「それじゃ、はい」

ヘスティは一枚の紙切れを渡してきた。そこに記されているのは、

「……地図？」

「手土産《てみやげ》代わり。世界の簡易地図。この森の隣がプロシア。魔女の都市。ここからスタートして、我は、世界中を回った。聖騎士の都市とか、王国とか、獣《けもの》の国とか、国々と都市が色々あった」

「へえ」

彼女は広げた地図を指し示しながら、地名などを喋《しゃべ》ってくる。

「えっと……お礼ってのは、この世界のことを教えてくれるってことなのか？」

「そう。我、旅をしてきたから、分かること、それなりに多い。だから、アナタの知らないことがあれば、教える。それとも、アナタは、そういうの、もう知ってる？」

「いや、全然知らない」

俺としては、この家から離れる気はさらさらないので、むしろ知らないままでいいと思っていた。

だけれども、世界の知識を得ておくのも悪いことではないかもしれない。今、自分が生きている世界のことだしな。

分からないことが多いからといって、いちいちサクラに情報収集を頼むのも悪い。

「アナタも、この土地も、とても強い。それは、我も、分かる」

そして、この子は俺の魔力のことも感づいているようだ。

「——でも、強くても、知識は持っておいて、損《そん》はない。だから、魔法のことも、生物のことも、魔力のことも。知りたいこと、なんでも聞いて」

「おう、教えてくれ、ヘスティ先生」

こうして俺は、この日より、小さな教師から知識を取り入れることにしたのだった。


リンゴ畑の切り株を机代わりに、俺は地図を広げる。

そして、地図を見ながら、ヘスティから様々な知識を貰《もら》っていた。

「ここがアナタのいる場所。魔境森という森の西の外れ。ここから更《さら》に西に行くと、竜の住んでいる谷がある」

ほうほう、竜の生息地か。

この辺りに竜が多かったのはそのせいなんだな。

「そして、この魔境森は二つの種族に支配されている。南が人狼《じんろう》。北には戦闘ウサギという種族がいる」

「へえ、人狼だけじゃないのか」

俺が知っているのは人狼だけだが、ウサギっぽい種族もいるらしい。名前はちょっと物騒《ぶっそう》であるけれども。

話を聞くと、戦闘ウサギとは、ウサミミを持った人のような姿で、小柄であるらしい。

全く見たことがないな。

「この辺りは人狼の勢力の方が強いから……でも、この魔力を持っていれば、必ず、会うと思う。魔力に引かれるのは、生物の性《さが》だから。これからきっと、戦いに沢山《たくさん》、巻き込まれると思う」

「冷静な口調で言ってくれるな、ヘスティは」

「嫌だと思っても、向こうから来る。つまらないと思っても、絶対に来る。それは、事実だから」

旅をしてきた、というだけあってヘスティはかなりドライだ。

ところどころ、実感のこもっているような口調で語る。

「でも、知識があれば大丈夫。ということで、話を戻すけど、森を抜けると、魔女の都市、プロシアがある」

「ディアネイアがいる都市だな」

「森からは良質の魔光石《まこうせき》が採《と》れるので、色々な魔法製品を産出している都市。魔法使いも研究者も多い」

地図で見ると、結構近いな。森の幅は比較的狭いせいもあって、ちょっと走ればすぐに着いてしまいそうだ。

「うん、でも、抜けるにはモンスターやはぐれ竜の巣、人狼や戦闘ウサギに気をつけなければならないので、大変。特に魔光石は、いっぱいあると、自動的にゴーレムになって、暴れることもあるから」

つまり、この魔境森には危険がいっぱい詰まっていると、そういうことか。

「そう。でも、アナタなら、大丈夫かな。ほとんど、効《き》かないし」

「あんまり過大評価しないでくれよ」

俺は普通に家で過ごしているだけなんだからさ。

「でも、竜とか、普通に倒してるでしょ？　ここにも、結構、鱗《うろこ》が落ちてるし」

ヘスティは、足元に埋もれている虹色《にじいろ》の鱗を掘り出す。

以前さばいた飛竜《ひりゅう》のものだろう。

「これ、極飛竜。強い竜」

「そうだったのか」

虹色だから珍《めずら》しいとは思っていたけど、強かったのか。

「知らなかったの？　じゃあ、どうやって倒したの？」

「ちょっと、思い切り叫んで、魔力を飛ばしたんだよ」

一回目は外したが、二回目はクリーンヒットした。それで撃ち落としたんだ。

そう言うと、ヘスティは目を丸くした。

「魔力の波動だけで倒したの？　あれを？」

「え？　駄目だったのか？」

「一応、あれの装甲《そうこう》は、竜の中でも堅い方。種族で言えば、二番目か、三番目くらい。あの竜、とても頑丈《がんじょう》で、速い。普通は、狩《か》るために、相応の準備をする」

そんな竜だったのか。

たまたま小さいのがいて迷惑だったから狙《ねら》っただけなんだけどな。

「極飛竜は、竜の中でもバカ種族筆頭。知能はかなり低くて、年月を経《へ》ないと動物並みだけど、頑丈だから、倒しにくい。素材も、出回らない」

「ああ、だからディアネイアも珍しいとか何とか言って、喜んでいたのか」

ようやく理解したよ。

どうにも知識差があると、認識に差が生まれて困るな。

だからこそ、こうしてヘスティに教えてもらえるのは有り難いわけだが。

そうだ、ついでに、少し追加で聞いておこう。

「なあ、ヘスティ。この鱗は頑丈って言ってたけど、なんか他に特殊な性質とかあるのか？　一定条件で柔《やわ》らかくなる、とか」

「え？」

確かに、手触りは堅い。

刃物になるほど堅いのだが、

「よいしょっ……と」

魔力を込めてギュッと握る。

以前、ナイフに加工した時のように。

すると、今回も鱗は簡単に変形し、ねじ曲がった。

緩《ゆる》い螺旋《らせん》を描いて、ドリルっぽくなった。

何かに使えるかもしれない。ともあれ、

「こんな風に、加工はし易《やす》いんだけど。そういう性質なのか？」

「……訂正《ていせい》する。普通に使う分には、頑丈。とてもとてもとても強い魔力をあてたときは、そうなる」

「そうか。魔力で変性するタイプなんだな」

これはいいことを知った。

まだまだ鱗はあるし、調度品を作る素材にもいいかもしれない。

イメージ通りに形を作るのはなかなか難しいかもしれないが、やれなくはないし。

教えてくれてありがとう、とヘスティを見ると、

「……」

彼女は難しい顔をして頭を押さえていた。

「どうした？」

「……ちょっと、考え過ぎて、頭が痛くなっただけ」

「おお、そうか。ほどほどにしておけよ」

「ん」

ヘスティは小さく頷いた。

なんというか、最初は無表情に見えたけれど、感情表現は豊富みたいだ。

体は小さいながらも大きな動きが微笑《ほほえ》ましい、と思っていると、

「ん？」

目の端で、ゴソリ、と動く影があった。

ヘスティも気づいたようだ。そちらを見る。そこには、

「魔光石の、ゴーレム……」

二足歩行をするモンスターがいた。

真っ白な岩をいくつも積み上げて、人を模《も》したような体をしている。

上部には顔にあたる部分があり、白く強く光る石が目のように光っている。

「これが自動生成されるっていうゴーレムか？」

「そう、魔力に引かれてきたみたい。自動生成型のゴーレムはより強い素材とより強い魔力を求めて動きまわる性質を持つから」

初めて見るタイプのモンスターだが、ヘスティが解説してくれるので分かりやすい。

「魔光石はとても堅牢《けんろう》。だから堅さでは、飛竜の皮膚《ひふ》と同等。動きは遅いけど」

「そうか。じゃあ、とりあえずゴーレムを作って倒すか」

ウッドゴーレムのパンチなら、コイツにも効くだろうし。

「んー、基本的に、石と土がある限り再生しまくるから、打撃で倒すのはお勧《すす》めしない。とても、不毛」

「不死身《ふじみ》ってことか？」

「それに近い。ゴーレムは大体、そんなの」

なるほど。それは面倒《めんどう》だ。

「だから、ゴーレムを遠くに投げたり、囮《おとり》を使ってどこかへ向かわせるといい。そうすれば興味が他に移る。――たとえばアナタが持っている、その鱗は囮にすることもできる」

ああ、そう言えば、強い素材を求めるって言ってたな。なら、都合がいい。

どうせ、使い道はそんなにないものだ。

「それじゃあ、これをくれてやろう」

先ほど作った竜の鱗のドリルを投げつける。

それに夢中になっている間に、ゴーレムを作ってしまおう、とそう思って。

だが、軽く投げた瞬間、

――ドシュッ！

と岩が削《けず》れる音と共に、ドリルがゴーレムを貫《つらぬ》いた。

「え？」

それだけじゃない。

空《あ》いた穴からゴーレムは爆散《ばくさん》し、半壊した。

更にそのまま、粉のように砕《くだ》け散った。

「どういうことだ」

囮代わりに投げたものが、爆弾を投げたような感じになっているんだが。

解説を求めようとヘスティの方を見ると、彼女もまた驚きで身を乗り出していた。

「……あの矢じりに魔力が上乗せされてた。だから、あんな威力《いりょく》になった」

「そうなのか。でも矢じりって」

ただのねじ曲がった鱗だったんだけど。

上手《うま》い感じにドリルっぽくなったけどさ。

「凄《すさ》まじい力。同系統の竜でも、貫ける。あのゴーレムも、もう粉になってどこかへ吹き飛んだから、この近くでは再生しないと思う」

「お、おお、それは良かったけどさ」

モノを投げるときには気をつけなければ。


ぐー、とヘスティの腹が鳴った。

どうやら、かなり長い間、喋り続けていたらしい。

「腹減ったな」

「ん」

空を見れば、もう夕方だ。俺もヘスティも腹が減るわけだ。だから、

「ほい、リンゴ。夕飯までのおやつ代わりだ」

「ん……ありがとう」

リンゴをもいで渡して、食わせておく。

もしゃもしゃ食べるヘスティを見ると、なんだか、小動物に餌《えさ》やりをしている気分になる。

そして彼女はリンゴを食べ終わると、

「――時間、たち過ぎた」

そう言って立ち上がった。

「おう、帰るのか」

「うん、もうすぐ、夜になるから」

そうか。太陽も落ちかけて、暗くなりそうだし。

安全に帰るにはいい時間か。

「また、来てもいい？　――もう少しだけ、我にも、時間は、残っているから」

「おう、好きな時に来てくれ。それじゃあな」

「うん、またね」

こうして、ヘスティ先生の教え、一日目が終了したのだった。


今日も昼間にヘスティが訪ねてきた。

なので、今日も知識を取りこむことになった。

今日のヘスティは地図ではなく、真っ白な杖《つえ》を持っていた。

先端はとがっており、刀子《とうす》のような形状の杖だ。

「ん」

そのつやつやした綺麗《きれい》な杖を、俺に向けて差し出してくる。

触った感じ、とてもがっしりしている。

赤い宝石みたいな石で装飾もしてあって、かなり高そうなものだ。

「えっと……くれるのか？」

「ん、竜王の骨の杖。魔法の触媒《しょくばい》になる」

「魔法の触媒、か。俺が教わった限りだと、あんまり必要ないみたいだけど、意味があるのか？」

サクラに聞いた限りでは、俺がイメージするだけで魔法は発動するそうだし、触媒の使い道というのがよく分からない。

「んー、なら、アナタは装備してるだけでも、いいかな。殴れるし」

「おい、いきなり物理的な話にいくな」

「冗談。ちゃんと意味がある」

表情は薄いながらも、くすっと、ヘスティは笑った。

ヘスティは冗談を言うタイプには見えないのに、結構茶目っ気があるようだ。

しかし、良かった。

いきなり竜の骨で相手を殴ればいい、とか言われたらどうしようかと思った。

「ん、そんなことはもう言わない。これからは魔法の話。……アナタはイメージして、魔力を使っている。昨日のゴーレムとか、そんな感じだった」

そういえば、昨日彼女の前でゴーレムを作ろうとしたんだったな。そこから見抜くとは、流石《さすが》は幼女でも旅人。観察眼が鋭い。

「イメージ魔法、とても便利。とても、多様。——でも、とても、燃費が悪くて、消耗《しょうもう》する。経験、ない？」

「あー……確かに。眠くなることは多いな」

昼から夜まで魔法を使い続けると、大体、十二時前にはご就寝だ。

気絶したように気持ちよく落ちれる。

これでも慣れた方で、使い始めた当初は、早寝遅起き状態が何日も続いたっけな。

「うん……イメージで魔法を使っているのに、半日保《も》つのは、大分、異常だけど。それでも、眠くなるのは不便。だから、魔法鍵《スペルキー》を作るのを、お勧めする」

「スペルキー？」

「魔法を使う時に、この言葉を使う、というもの。これを作っておくと、頭に直接、魔法の配線が行えるから、思考の負担も減る」

見てて、とヘスティは、片手を虚空《こくう》に掲《かか》げる。

そして、落ち葉に視線と杖を向けると、

「燃える」

一言呟《つぶや》いた。途端《とたん》に、落ち葉が燃え始めた。

「おお、すげえな！」

「まだ、ある。——爆発」

今度は落ち葉が、ポンッと軽い音を立てて爆発した。

「こんな風に、あらかじめ、言葉と現象をセットにしておくと、使いやすい。——魔力は相当、使うけれど、触媒を利用する分、イメージ魔法よりはマシ」

なるほどなあ。

頭の中にショートカットキーを作るようなものか。

いちいちイメージすることなく、現象に言葉を合わせておく。

よし、やってみるか。

「ヘスティ、コツとかあるか？」

「コツ？　ん……簡単。アナタが知っている単語を、知ってる現象に当てはめるだけ」

「なるほど」

「あと……はい、これ、腰に差しておいて。それだけでも使えるから」

「おっ、ありがとう」

ヘスティから杖を受け取って、チャレンジだ。

「じゃあ、——ウッドゴーレム！」

いつものようにゴーレムの形をイメージするのではなく、いきなり完成形を頭に浮かべ、そ

して単語を組み合わせた。すると、

「――おお、できた」

目の前のリンゴの木が、ゴーレムに変化した。

「凄《すご》い。一発成功」

パチパチと拍手《はくしゅ》してくれるヘスティ。

ちょっと嬉《うれ》しいな。ただ、それと同じくらい、

「なんか物足りないというか……これ、もっと単純にできるか」

これではいつもと同じことを、ちょっと早くしただけにすぎない。

だから、もう少し、やりようがある気がする。たとえば――

「ウッドゴーレム×五」

ゴーレム五体の完成と言葉を組み合わせた。すると、

「おお、……やっぱりできた！」

ウッドゴーレムが生成された。

一気に五体もだ。

しかも、疲れない！

眠くもならないし腹も減らない。

これはすごい。

「燃費がいいな、この魔法鍵って！」

喜んでヘスティの方に振り返ると、彼女は先日のように頭を抱えていた。

「アレ？　また頭痛か？」

「ん……そういう使い方してる人、初めて見たから」

「え？　こういうことができるから、便利なんだろう」

ヘスティの説明からすると、イメージのショートカットという効果が大きいということだったろうに。

だがヘスティは首を横にブンブン振った。

「普通はそんな多くセッティングしたら、魔力が足りなくなる。だから普通は、最低限の数、最低限の効果を魔法鍵にしている」

「そういうものなのか？　ヘスティだっていろいろやっているのに」

爆発とか、燃やすとかさ。

「我は、……慣れてるし。多少、他の技術も応用してるから」

ヘスティは見た目によらず芸達者《げいだつしゃ》なようだ。

このハイスペック幼女、侮《あなど》れねえ。

「……しかし、本当にこれはすごいな。ゴーレムをいっぺんに作りたい時はこれだな!!」

頭の中に完成形を思い浮かべさえすれば、言葉だけで発動できる。

こんなに簡単でいいんだろうか。

楽過ぎてビックリする。

「本当にありがとうな、ヘスティ。これ、やりやすいよ」

「うん、良かった。竜の骨を使った甲斐《かい》が、あった」

「――なんというか、この骨の杖、本当に貰っちまっていいのか？」

この世界の物価は知らないけれど、竜の骨なんていかにも高価そうだ。

本当に無料で貰ってもいいのだろうか。

「ん、いい。我には、もう必要ないもの。――それと、これもあげる」

ヘスティは折りたたんだ布を手渡してくる。何だと思って広げてみると、

「これは……コートか？」

全身を覆《おお》うくらいの上着だ。

「ん、この周辺では基本デザイン……ぽい服。旅している時は、こういうのを着て、街に溶け込むの。我は、身長的に、着れないから。あげる。着てみて」

受け取って袖《そで》を通してみると、ふわふわしていて着心地がいい。

街に出ることは少ないと思うけれど、家で普段使いしても良さそうな服だ。感覚的にだが、かなり上等なモノのような気がする。

「これも、貰っていいのか？」

「いい。我からのプレゼント。杖と服の、装備一式」

旅が終わったからだろうか。ヘスティは執着なく、どんどん物を渡してくる。

くれるというのなら貰っておく主義だから、貰うけどさ。

こっちが貰ってばっかりだと、なんだか悪い気がしてくるな。

「うーん、返してほしい時は、言ってくれよ？　今は受け取っておくけどさ」

「ん、その時が来るなら、言う。だからそれまで、持ってて。いっぱい練習して。――その骨は頑丈だから、百年くらいは振り続けても、絶対に壊れない」

「おう。分かった。いっぱい練習させてもらうよ」

俺はそのまま夕方頃まで、かなりワクワクしながら、新しい魔力の使い方を試し続けた。


「主様。お茶とお菓子はいかがですか？」

ヘスティから教えを受け続けていると、家の方からサクラがお盆を持ってやってきた。

お盆の上の湯呑《ゆの》みを見ると、途端に喉《のど》がカラカラなのに気づいた。

「ちょうど飲み物が欲しかったんだ。頂くよ」

「はい、どうぞ主様」

受け取った湯呑みには、氷の入ったほうじ茶が入っていた。買いだめしておいた茶葉《ちゃば》の内のひとつだろう。

一気にあおると、渇《かわ》いた喉に良い感じにしみわたる。

「いやあ、生き返った」

「ふふ、もう何時間も練習していらっしゃいますからね。主様の体力や魔力は本当にすごいですよ」

「え……そんなにやっていたのか」

ヘスティから色々な知識をもらっていると時間がたつのが早い気がするな。それだけ夢中になっているのかもしれないけれどさ。

「ヘスティちゃんもどうぞ」

サクラはそう言って、湯呑みをヘスティに渡す。

彼女は湯呑みの中を覗《のぞ》き込んだ後、俺の顔を見た。

「冷たい……。これ、飲みもの？」

「そうだぞ」

おかわりのもう一杯を飲みながら俺はヘスティに頷いた。

すると、彼女は俺のまねをして、こくりと飲む。そして、

「苦いけど、美味《おい》しい……」

「おう、それは良かった」

「あ、お菓子もありますからね。良かったらどうぞ」

お盆の上に載《の》っかっているのは一口で食べられる小さな饅頭《まんじゅう》だ。

人狼が持ってきた食材から、サクラが作ったものだろう。

「うん、美味《うま》いな」

「ふふ、ありがとうございます、主様」

俺が一つ二つと食べていくのを見たからか、ヘスティも饅頭を手に取って齧《かじ》った。すると、

「甘い」

そう言ってバクバク食い始めた。

どうやら、気に入ったようだ。

「沢山《たくさん》ありますからね、どんどん食べてくださいな」

「ん……」

ヘスティはもきゅもきゅと口を動かしながら頷いた。

そんな姿を見ていると、なんというか、

……和《なご》むなあ。

思っている間に、ヘスティが饅頭を食べきった。

「なくなった。美味しかった」

「おう、お茶も菓子も美味かったぞ、サクラ。ありがとうな」

「いえいえ、お褒《ほ》めいただき光栄です。主様も、ヘスティちゃんも、あまり根《こん》を詰めすぎないようにしてくださいね」

そう言ってサクラはお盆を手に、家に戻っていった。

「根を詰めすぎないように、か。……それじゃあ、今日は、もうちょっとだけ練習して終わりにするか」

「ん、付き合う」

甘いおやつと冷たいお茶で腹を満たした俺たちは、体に気をつけながら再び魔法鍵の練習に打ち込むことにした。


それから数時間後。

俺は日が落ちるギリギリまで魔法鍵の練習をし続けていたのだが、ヘスティはそれにずっと付き合ってくれていた。

ただ、流石にこうも、夜の暗闇《くらやみ》が満ちてくると、心配になってくる。

「暗くなっちまったけど、帰らなくていいのか、ヘスティ」

「ん、これで最後。もう帰る」

おお、良かった。

これ以上付き合わせて、夜中に一人、幼女を帰らせるわけにもいかないしな。

俺は練習を切り上げて、リンゴをひとかじり。

これで夕飯までは持つだろう。

「ヘスティもリンゴ、いるか?」

「今日は、もう、いらない」

今まで、二個くらいもしゃもしゃもしゃ食わせてたもんな。それにお菓子も沢山食べていたし、腹はいっぱいか。

「じゃ、我、帰るね」

ヘスティは、そう言って立ち上がり、俺に背を向けた。

「おう、またな」

「うん。……さよなら」

そしてそのまま、彼女は、森の奥へと消えていった。


大量の魔力を含んだ水が流れる、険しい谷がある。

荒々しい岩山二つに挟《はさ》まれたそこは、本来人が足を踏み入れる場所ではない。

そこを住処《すみか》とするものは竜しかいない。故《ゆえ》に竜の谷と呼ばれている。

その全容を見下ろせる場所に、ヘスティはいた。

傍《そば》には、虹色の鱗をもった、二メートルほどの竜が座っている。

「竜王様」

「ん、なに？」

「そろそろ、押さえておくのは限界です。バカな竜が逸《はや》って飛び出していくのも時間の問題かと」

「見れば、分かる」

夜の闇《やみ》の中、夜目の利《き》くヘスティは谷にいる飛竜たちを眺《なが》めていた。

その内の半分ほどが興奮《こうふん》し、鼻息を荒くしていた。

鼻や口の呼気《こき》から、炎のブレスが混じっているのがその証拠だ。

彼らの話す言葉が耳に入ってくる。

「まだか、まだ行っては駄目なのか!?」

「もう少し待て！　すぐに竜王様が戦闘準備を終える。それからだ！」

「ううう……早く、早く勝負を！」

随分《ずいぶん》と好戦的だが、仕方がない。

それが竜の習性だ。

弱肉強食で、自分に勝利したものに絶対服従する。

……だが、勝利していないものが大きな顔をしていることに耐えられない。

あの、龍脈《りゅうみゃく》の家の男と、戦ってみたくてしょうがないのだろう。

ヘスティは分かっている。

「あの人には、もう、伝え終えた。楽しかった、けど、終わり」

「そうですか……では、決行時刻は？」

「明日の朝。日の出と共に戦闘を開始する。総員、準備をして、待て」

「はっ！」

ヘスティの言葉を聞いた極飛竜は、竜の谷の中央へ飛ぶ。

「聞け！　白焔《はくえん》の飛竜王、ヘスティ・ラードナ様の戦闘は明朝！　皆のもの、相応の準備をして、待て！」

彼女の言葉をそのまま広めた。

すると竜たちは、一瞬遅れて、大きく騒ぎだす。

「うおおおお、ついに来た――!!」

「相手は小さな人間だ――！」

「おうよ！　こちらの方がデカイ！　だからこちらの方がつよい!!」

「よっしゃあ、明日は皆で、竜王様の戦い、見に行くぞ!!」

「「「ウェーイ!!」」」

下方から聞こえる声に、ヘスティは嘆息《たんそく》する。

とても明るく楽しそうで、能天気な声だ。

「……たまに、なんで、このバカどもの上をやっているのか、我、疑問に思うことがある」

「いや、本当に、なんというか、申し訳ありません。短絡《たんらく》的な者たちでして」

傍に戻ってきた極飛竜が頭を下げてくる。

この極飛竜は百年近く生きている。

つまり、これくらいの人生経験というか、竜生経験を積まないと、熟慮《じゅくりょ》しないから竜は大変だ。

「まあ、いい。我、竜王だし、一度は、この集団をまとめると言った責任がある。だから、一度は、この集団を助ける」

「恐れ入ります、律儀《りちぎ》で温かな竜王様」

きっとこれが、飛竜王としての自分の、最後の仕事になるだろう。

竜は弱肉強食だ。

自分が勝てば、今まで通り自分の下で、彼らは生き続ける。

自分が派手《はで》に負ける姿を見せれば、この竜たちは彼に恭順《きょうじゅん》するだろう。

それでいい。

どちらかで、いい。

「では、竜王様。準備を」

「ん」

ヘスティはその身にまとっていた服を脱ぐ。

真っ白な服を剝《は》ぐと、現れるのは真っ白な皮膚だ。

月明かりを反射するような綺麗な体に、

「ん……!!」

ヘスティは、力を込める。

全身に魔力をいきわたらせ、その身を作りかえる。

より白くより巨大な、竜のものに。

「決行までに、体に魔力をたぎらせないと」

「はい、お待ちしております、竜王様」

そして、彼女は変わっていく。

「我、今まで全力を、出せなかったから。この世の誰かに向けてそれを出せるのは……ちょっとだけ、楽しみ」

薄い笑みを竜の顔で浮かべながら、本来の姿に。

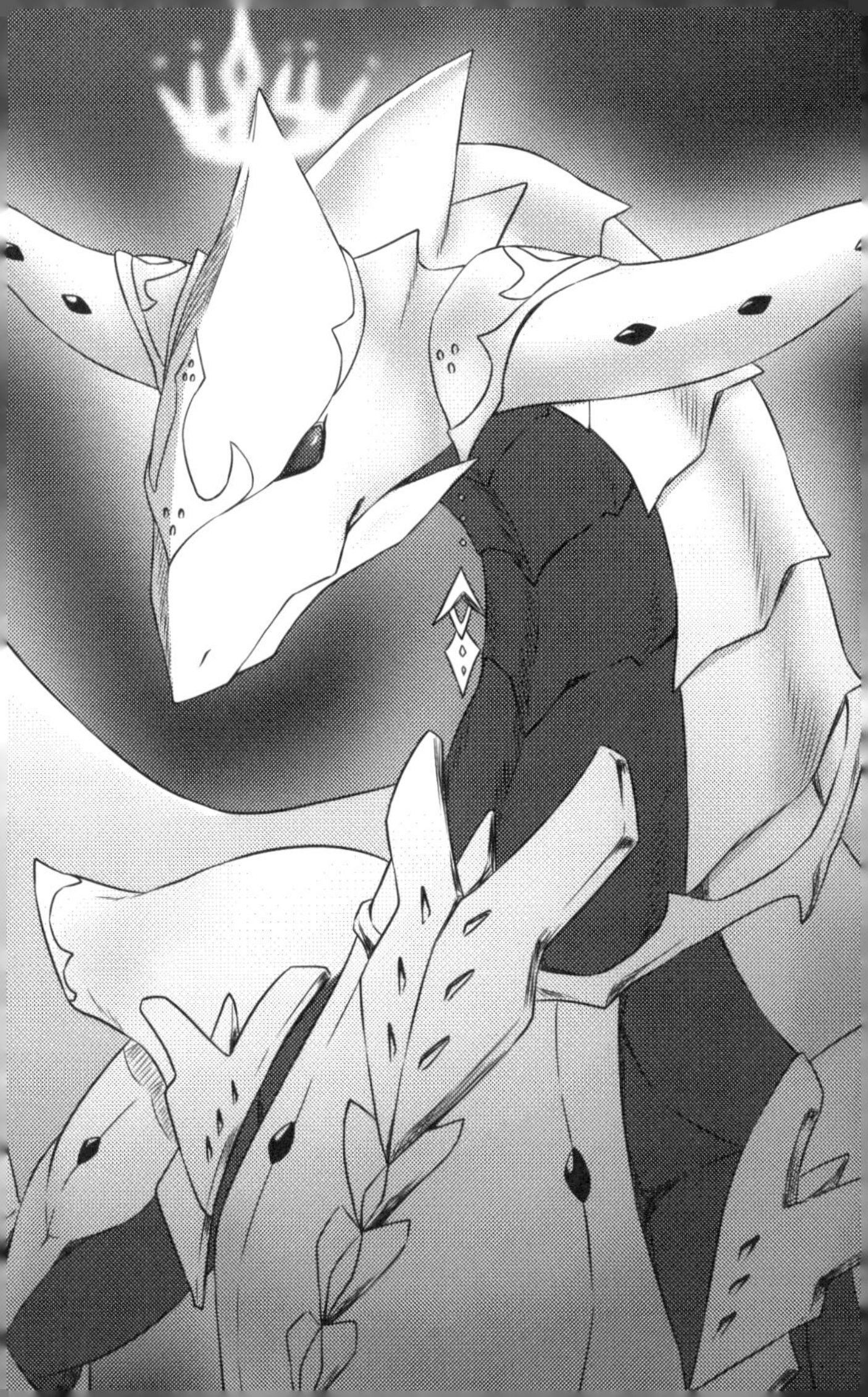

その日、俺は朝に起床した。

「んー、久々の早起きだな」

ヘスティから魔法鍵という技術を学んだお陰《かげ》か、消耗が少なかったらしい。

今度から、早起きしたい時は魔法鍵を使うようにしよう。

「ふふ、いつもより早めですが、おはようございます、主様。朝ごはんの方、もうできていますよ」

流石はサクラだ。

俺がどんな時間に起きても、先に起きていて、朝食が用意してある。

流石に働きすぎじゃないかと思って、もっとゆっくりしてもいいんだぞ、と言ったことはあるんだけど、

『ほとんど眠らない私の、唯一《ゆいいつ》の楽しみを奪う気ですか!?』

と、涙目で言われてしまっては、どうしようもなかった。

そんなわけで、今日も俺より早く起きて用意してくれた朝飯《あさめし》を食べる。

「やっぱりサクラの作るメシは美味いなあ」

「ありがとうございます」

アツアツのご飯とみそ汁《しる》と焼き肉をゆっくりと食べていく。

「最近、ヘスティちゃんと仲がよろしいようですから、負けないように私も魅力を磨《みが》いている

んですよ」

その言葉にちょっと喉を詰まらせかけた。

「え？　あの、サクラ？　怒ってないよね？」

「ええ、大丈夫です。怒っていませんし、嫉妬《しっと》もしていません。だって、帰ってくるのは私な《この家》んですから。ただ、ちょーっと、対抗心があるだけで」

笑っているんだろうが、ちょっと目が怖いぞ、サクラ。

俺はヘスティとは別にやましいこととかなしに、仲よくしているだけなんだが。

基本的に知識を教えてもらっているだけだし。

「ああ、そういえば、昨日、魔法の形式を教わったと話しておられましたね？」

「おう、魔法鍵な」

サクラのは応用力に優《すぐ》れていて、ヘスティのは燃費に優れている。だから何でもしたい時はサクラ方式を使うし、手間がかかりそうな時は魔法鍵を使うことにした。

「ヘスティには感謝するばかりだよ。この杖もくれたしな」

と、今まで腰に差しっぱなしだった杖をテーブルに出す。

「昨日も見ましたけど、この杖、かなりの魔力がこもっていますよね。……多分、主様が全力で使ったら破損《はそん》すると思いますが」

「え、そうなのか……」

ヘスティが言うにはかなり頑丈らしいのだけど、サクラに言わせれば違うらしい。

……全力は駄目か。

貰い物を壊すのは忍びないし、使いどころは考えないといけないようだ。

「しかしこの杖、ヘスティちゃんが作ったんでしょうか。やけに手が込んでますが」

「素材には詳《くわ》しかったから、そうなのかもしれないな。本当にあの幼女は不思議だよ」

毎度いつのまにかリンゴ畑にいて、俺に色々と教えてくれた後、夕方になると西の森に帰っていく。

「定住先が近ければ俺もあの子のところに遊びに行けるんだけどな。その居場所が分からないんだよなあ」

と、俺は、窓の外を見やる。

居間からは、西の岩場がよく見える。

以前教わった通りならば、竜の住処があるそうだが、

「いつか散歩がてら、こっそり回ってみるかな。集落があるかもしれないし」

と、呟いていると、ふと、西の岩場に影が差した。

「んん？　なんだありゃ」

西の岩場の空に、大きな体が浮かんだのだ。

それは、巨大な、白い竜だった。

今まで見た中で最大だろうか。それがこちらに向かってくる。

明らかに、こっちを見ている。

「サクラ。なんか変な竜がいるんだけど」

「はい？　どうかなされましたか？　主様」

「あそこに変な竜がいてな。こっちに来るんだよ」

「あら、随分と大きな竜ですね」

全長三十メートルはあるだろうか。

巨大な岩山が飛んできているかのようだ。

その竜の背後には、数多くの飛竜がいる。

「なんだあの集団。民族大移動でもしてるのか？　それとも、俺の家が目的か？」

「どうでしょうか。目に敵意はないですし、普通に森へ向かっているのかもしれませんし」

そうか。なんにせよ移動だけなら、さっさとしてほしいもんだな。

翼を打つだけでもかなりの風がくるし。我が家がしなるほどだ。

「近くを通ったらもっと風が強くなりますから、一度下に降りますか？」

「そうするか」

そうして、俺はサクラと共に、庭に出ようとした。

その時だ。

——ゴウッ!!


家の周囲を、西から東にかけて、閃光《せんこう》のような炎がなぎ払った。

家は、焼けなかった。

しかし、中層には焼け跡がつき、内部のゴーレムは熱でいくつかやられていた。

炎の位置が高かったからか、リンゴ畑は焼けなかった。

だが、その奥にある、森の一部が灰《はい》になっていた。

——ああ、なるほど。

「サクラ、どうやらこれは、いつも通りだったらしいぞ」

「……そうですね」

進行するのに邪魔だったから焼いた、というわけではなさそうだ。

なにせ、俺の家の上方に、陣取《じんど》ったのだから。

大きな翼が空に打ちつけられ、強風が舞う。

家もリンゴ畑も揺れる。

更に、極《きわ》めつけには、

『戦いに、来た。この地に住む者よ、我と、戦え。でなければ、——我が白焔をもって、焼く』

竜の言葉で言ってきた。

つまり、ああ、そうか。

姿の物珍しさに思わず目を奪われていたが、

「……お前も、俺の安住の地を脅《おびや》かすのか」

なら、戦おう。

戦わなければ、自分の家を守れないのなら。

相手は全長三十メートル。ウッドゴーレムよりずっとデカイ。

非常にデカイけれども、

「俺の家を脅かす敵は、俺の力で打ち倒す！」

怒りのままに、魔力を込めて、サクラと杖に触れる。

使うのは、同期と魔法鍵。そして今の今まで鍛錬《たんれん》してきた成果。

「行くぞ。サクラ」

「はい、主様。いつでもどうぞ」

「ウッドアーマー。モード《金剛《こんごう》》……!!」

そして、――木の巨人は立ち上がる。

白の月　48日　午前6:56

この日記を書くのは、

もしかしたら最後になるかもしれない。

竜王が動き出した。

だから、とても手短に書かせてもらう。

竜の大軍の襲来があった。私も命を懸けて動かねば。

念のための言葉も残しておく。

私の財産は全て、第一王都の妹に渡してほしい。

あとはそうだな、出来る事なら死ぬ前に、

地脈の男――彼ともう一度、

喋りたかったな。

Deianeia

Chapter 6
金剛なる巨人

その異変は、魔女の都市、プロシアでも観測できていた。

「望遠観測班より伝令！　西の魔境森にて、竜の大群が観測されました！　更《さら》に、飛竜王《ひりゅうおう》と思われる白き竜も確認されています！」

窓の外を見るディアネイアの執務室では、叫び声のような報告が飛び交《か》っていた。

伝令役の兵が、入っては走り出る。

執務机には地図が置かれ、拡声魔法の札《ふだ》も何枚も用意されていた。

「魔境森の人狼《じんろう》たちは、どんどん逃げだしているようです！　早く我々も応援要請《ようせい》と、市民の避難誘導を！」

「避難？　どこへ逃げろというんだ……!?　あの白焔《はくえん》の飛竜王が出てきたんだ！」

「もうダメだ……このプロシアは、もうおしまいだ……!!」

やがて報告だけでなく、悲鳴や落胆《らくたん》の声が混じり始める。

中には泣き始めるものまでいる始末《しまつ》だった。しかし、

「皆のもの、落ち着け！」

ディアネイアの一喝《いっかつ》で、執務室は一気に静まり返った。

「落ち着いて報告しろ。伝令、飛竜の数はどれくらいだ？」

「す、少なくとも五十以上。それが飛竜王と共に、魔境森の上空にとどまっております！　既《すで》に森の一部は灰燼《かいじん》に帰した模様」

ふむ、とディアネイアは窓の外を見る。

そこには、確かに見えていた。

巨大な白い竜が羽ばたき、ブレスを口に溜《た》める姿があった。

「あれが、白焔の飛竜王、か。休眠していたと聞いていたが、まさかプロシアのこんな近くへ出てくるとは」

かつては国一つを焼き尽くしたという伝説を持つ、竜の王者だ。

……伝説が今、現実として目の前にある。

それを認めたうえで、ディアネイアは動きだす。

「ディアネイアさま、これは……」

「ああ、避難命令を頼む、騎士団長。できるだけ早く、多くの民を避難させてくれ。……武装都市には応援要請を出しているのだったな？」

「はい。ですが救援部隊の到着までに十数時間はかかるかと」

ふむ、と頷《うなず》いてから、ディアネイアは腰の装備を確認する。

そこには、強力な魔法の触媒《しょくばい》があった。

売らずに取っておいた、極飛竜のナイフだ。

そして、執務机の横にある箒《ほうき》型の杖《つえ》を手にして、こう言った。

「私が……、戦いに行こう」

「姫さま!?」

「せめて、な。私が役立たずでも、これくらいは、しなければならん」

ディアネイアの言葉に、執務室の面々は息をのむ。

竜の王に単身で挑《いど》むなど結末が分かりきっているからだ。

いくらディアネイアが、腕利《うでき》きの冒険者数十人を相手にできる大魔術師だといっても、その力量差は歴然《れきぜん》だ。

「姫さま。失礼ながら……」

「ああ、分かっているよ騎士団長。勝てなくて、無駄死にになる、と」

自分の力なんて自分が一番よく分かっている。

「だが、私の全魔力を使えば、一分くらいは足止めできるだろうさ」

これでも、最上位クラスの魔法使いだ。

一分で何が救えるか分からない。

ただ、この都市の滅亡を一分遅らせることくらいは、できる。

それくらいは、やってみせるさ、とディアネイアは呟《つぶや》く。

「姫さま……!」

「こういう時、第二王女であることを有り難く思うよ。あれらから逃げなくて済む。戦うことができる、と」

足が震える。

既に緊張で全身がこわばっている。

だが、それでも戦う気は萎《な》えていない。

「行ってくるよ、皆。あとは、頼んだ。観測は最後まで続けるように」

「姫様！」

「大丈夫だ。私の命をかけてでも、民を守る時間を稼《かせ》ぐ！　それが姫の、私の役目だから」

それだけ言って、ディアネイアはテレポートを行使した。

距離を無視して目標地点に一気に移動し、即座に行動できる高等魔法だ。

決死の覚悟で、魔境森の西に移動した。

「……っ!?」

そして、辿《たど》り着いた彼女は見た。

膨大《ぼうだい》な魔力を持った男が、木の巨人たちと共に、飛竜の王と戦っているその場面を。


ウッドアーマー《金剛《こんごう》》で身を固めた俺は、空を見上げる。

そこには口の中に閃光《せんこう》を溜めた白い竜がいる。

でかい。俺の家と同じくらいの体長だ。

リンゴ畑の樹木、一〇〇本分を使ったアーマー、《金剛》が大きいといっても、七メートルがせいぜい。

大きさは向こうが上。

高さも位置も、向こうが有利。だけど、

「主様《あるじ》！　家は私が魔力で守ります。だから存分《ぞんぶん》に戦ってください！」

「おう……!!」

ウッドゴーレム内部。俺の横にはサクラがいる。

常《つね》に同期した状態だ。

ああ、常に、俺の安住の地を、感じていられる状態だ。

「……ここには俺の家がある。俺の安住できる場所がある」

ならば、

「負けるわけには、いかないんだよ!!」

『食らえ……!!』

閃光のブレスが来た。

光のように、素早く燃焼する炎だ。

「……俺の家になんてことしやがる」

既に背後の森は、ヘクタール単位で焼けている。だが、

「これ以上、家は燃やさせねえ。――ゴーレム!!」

家に何十も貯蔵しているゴーレム。それを窓から打ち出し、ドーム状に広げて自分たちの盾《たて》にする。

もとはリンゴの生木《なまき》の、水分を大量に含んだゴーレムでもこの火力だ。

普通に焼かれる。けれども、どうにか炭になる程度で収まった。

壁としてはまだまだ使える。

『まだまだ!!』

飛竜は、翼を打ちつけて、ゴーレムの壁を追い払う。

来るのは炎だけじゃない。

その巨体から放たれる風も十分な暴力だ。

空中という優位もある。強敵だ。だけれども、

「ここは、文字通り、俺のホームなんだ……!!」

地の利がある。

それを活《い》かさない手はない。

現在、リンゴ畑に生《は》えている、リンゴの木は残り一〇〇本ほど。

その全《すべ》てを使わせてもらう。

「――伸びて捉《とら》えろ！」

瞬間、百本の樹木が一斉《いっせい》に伸びた。

『!?』

白竜が身をくねらせるが、遅い。

こちらには魔法鍵《スペルキー》という、即効性のある魔法がある。

「――ゴーレム×一〇〇。摑《つか》まえろ！」

あらかじめセッティングしてある効果が、杖という触媒を伝って発動する。

樹木の先端が、ゴーレム化し、それぞれが竜の体に大きな手を伸ばす。

『ぬぅっ……!!』

白竜は体をローリングさせて払おうとする。

一本や二本は、それでも外せるだろう。だが、百体の巨大な腕から逃れることはできない。

既に手足に、尻尾《しっぽ》に、そして胴体にツタのように絡《から》みついていく。

「捕らえた！」

白竜の動きが止まる。

その代償《だいしょう》に、俺の腰に装備していた杖がミシリと、悲鳴を上げた。

それでも、逃がすものか。

『小癪《こしゃく》な……!!』

白竜は閃光を吐き、ゴーレムの腕を焼き切っていく。

砕《くだ》けたウッドゴーレムの破片が、火山弾のように降ってくる。
だが、アーマーによる守りは完璧《かんぺき》だ。
その中を俺は構わず突っ走り、空に伸びた樹木たちの根元へ向かう。
「仕上げだ！」
そして俺は、リンゴ畑に生える樹木たちの根元を纏《まと》めて掴む。
アーマーで太くなった腕にずしりと重みがかかるが、
「なんてことねえな……」
アーマーで補助された筋力ならば、束ねた樹木を持つことなどたやすい。
そう、モード《金剛》の特徴はふたつある。
ひとつは、その圧倒的な物量による、重さ。
樹木百本を圧縮して作り上げたウッドアーマーだ。
地面が沈むほどの質量だ。
そして、もうひとつは、その百本分に詰まりに詰まった魔力。
それは物理的な、絶大なる力になって、発揮《はっき》される。
重さ×力。それこそが、
「《金剛》だ……!!」
『……!?』

俺は、摑んだ樹木たちを肩に担《かつ》いで、

「堕《お》ちろおおおォォ!!」


樹木の束を、一本背負いよろしく引っこ抜いた。

その力は、樹木を伝って白竜に至《いた》り、

『……ガッ!?』

白竜を森の中に叩《たた》き落とした。

空より堕ちた竜王は、その背中を大地にしたたかに打ちつける。

衝撃は全身を襲《おそ》ったらしい。血の呼気《こき》を吐いた。そして、

「――」

倒れたまま、動かなくなった。

サクラと同期しているから分かる。

竜の中の魔力は収まっている。戦いは、終わったようだ。

「……大人しくしてろよ、迷惑飛竜が」

「主様の雄姿《ゆうし》、最高でした！」

ウッドアーマーを解除することなく、サクラの称賛《しょうさん》を受けながら、俺は飛竜のもとへ歩い

ていく。

勝利したことを、確かめるために。


ディアネイアは、気づかないうちに涙を流していた。

「あ、あれ……？　なんで……」

自分の目の前で起きたことが信じられない。

倒れているのは竜の中の王だ。

人間単体では到底《とうてい》勝てない存在の筈《はず》だ。

その事実が目の前で覆《くつがえ》ったということに感動していたのだ。

「——地脈《ちみゃく》の男。私は……貴方《あなた》に、その強さに憧《あこが》れる」

ディアネイアも一人の魔女だ。

強くなるために、修行をして、大魔術師にもなった。

強くなって、更にプロシアを豊かにするために、魔力スポットである地脈を召喚《しょうかん》した。そ
この魔力を取り入れることができれば、と思って。

けれど、その願いは彼の強さによって半分だけしか叶《かな》わなかった。

だから、少しだけ歯噛《はが》みしていた。

……彼がいなかったら、自分はもっと強くなれたんじゃないのかと。

彼があの力を、どういう経緯《いきさつ》で手に入れたのかは知らない。

もしかしたら、本当に簡単で、なんでもないうちに身に付いていたのかもしれない。

だから、自分がもしその立場ならば、と、羨望《せんぼう》しているのだと、そう思っていた。

でも、違ったのだ。

彼の強さを見る度《たび》に、彼の力を見る度に、心が熱くなる自分がいた。

体の中心が、キュンと熱く切《せつ》なくなるような、そんな感覚があった。

彼の意思は、自分の心を揺さぶった。

守るものがあるからと、竜王を相手に立ち向かった勇気も。

一歩も引かずに戦い続けるその雄姿も。

空の王を引きずり下ろしたその意気も。

かっこいいと、そう思ったんだ。


白い飛竜が落ちた周辺は酷《ひど》いことになっていた。

森の樹木や地面が、その巨体で丸々潰《つぶ》れていた。

「あーあー、家の周辺がまたボロボロになってるよ」

そうでなくとも、この迷惑飛竜のせいで灰《はい》になっている個所も多い。

見晴らしは良くなったが、景観が悪いので、後で直しておこう。

「なにか果樹でも植えますか、主様」

「そうだな。木を植えれば対空装備にもなるし、ちょうどいいか。空のあいつらがまた襲ってこないとも限らないし」

と、頭上を見れば、他の飛竜どもは逃げはじめていた。

『りゅ、竜王様がやられた!?　あんな小さな人間相手に!?』

『逃げろー！　逃げろー！』

『う、うえーい!!!』

「……なんか物凄《ものすご》く口調が軽いな、あいつら」

焦《あせ》っているのは分かるのだが、めちゃくちゃ軽い。

まあ、これ以上戦う必要がなくなるのなら、いいんだけどな。

「で、問題はこのデカブツだが……」

「気をつけてくださいね、主様。まだ息があります」

ああ、分かっている。

この竜は、死んでない。

心臓の鼓動《こどう》が地面を通して聞こえてくるのだから。

だから慎重に飛竜の頭の方へ近寄っていくと、ギョロッと、大きな目が、俺を捉えてきた。

そして、

『……殺せ』

口だけを小さく動かし、唸《うな》るように言ってくる。

首や体をピクリともさせないことから、かなり消耗《しょうもう》しているのが見て取れた。

『我《われ》はもう動けん。ブレスも全部吐き出した。体力も魔力もない。殺すといい』

白い飛竜は大の字になって、無抵抗をアピールしてくる。

暴れないのはいいんだけどさ、

「誰が殺すか、迷惑飛竜め」

『なに……？』

最初からそんなことをするつもりはない。

「お前みたいなデカイのを殺したら、家も土地も汚れるじゃねえか」

『ぬっ……!?』

こんな大きな竜を森に落としただけでもボロボロなのに、更に汚したくはない。

だから、動けるようになったらさっさと追い払おうと思っていたのだが、

『そうか。……では、小さくなろう』

「あん？」

白い飛竜はそんなことを言って、体を震わせた。

すると、白い鱗《うろこ》の周辺から霧《きり》のようなものが生まれて、

「これなら、どう？」

霧が晴れると同時、ぺたん、と地べたに尻《しり》をつけた状態で、白い少女が現れた。

その身には、鱗と同じ色の肌着《はだぎ》だけがくっついている。

どうやら、この世界では、竜は人になれるらしい。

それだけでもかなりの驚きだが、

「お前……ヘスティか」

見知った顔が現れたことに、ビックリした。

それが今まで、俺を手助けしてくれた幼女だったのだから、尚更《なおさら》だ。

「そう、我はヘスティ・ラードナ。白焔の飛竜王。――いや、元、飛竜王」

「……なんだかブレスを吐く時もリンゴ畑とか、家とか、俺をチラチラと見てきて、奇妙だと思ったら、お前かよ」

そうか。ヘスティだったのか。

「さあ、小さくなった。これなら汚れない」

そして、ヘスティはその幼女状態で、仰向《あおむ》けに寝転がった。

「いや、なにしてんだ、お前」

「だから。ケジメ。この状態なら、楽に殺せる筈」

「おい、待て。なんで殺害前提になってるんだよ」

俺は知り合いを殺すつもりはないぞ。

それに、竜王だったとか、まあ、そういった部分は置いておくとして、だ。

「なんで攻撃をしかけてきたんだよ、ヘスティ」

俺はそれを聞いていない。

戦いの前の言葉を聞くに、魔力を狙《ねら》ってきたわけではないと分かる。というか、魔力が狙いならば、チャンスはいくらでもあった。

俺がヘスティと会話して、気を抜いている時にでも襲うことはできただろうに。

彼女は、わざわざ仕切り直して戦いにやってきた。

「なんで、今日の朝、わざわざ攻撃してきたんだ？」

もう一度聞くと、ヘスティは困ったような表情を浮かべた。

「ん……」

言っていいのか、迷っているような表情だ。

……これは、何かの事情持ちって奴《やつ》か。

それなら、尚更、聞かなきゃならないじゃないか。

「とりあえずさ、言ってみろ、ヘスティ。俺は、自分の家に迷惑をかけなくなった奴を、手ひどく扱ったりはしない」

言いつつ、ウッドアーマーを解いて、俺はヘスティの隣に座った。

お互いに戦闘意欲はもうない。だからアーマーは必要ない。

あとは、話すだけだ。

そうして、ヘスティが口を開くの待っていると、彼女はポツリポツリと、喋《しゃべ》り始めた。

「――我は、飛竜たちのために、負けたかった。アナタが飛竜よりも強いと、そう示すために。アナタは、我が知る中で、一番強いから……」


俺は、数分かけて彼女の口から事情を聞いた。

竜の習性や、気性について。

そして、飛竜の王である彼女に勝ったことで、無謀《むぼう》な挑戦をする竜は、いなくなるだろうということを。

「はあ、なるほど。お前は竜のために戦ったと。そうして、お前の目標は達せた、ってことだな？」

「うん、あれだけ派手《はで》に倒されれば、誰も来ないはず。――それでも、もしもがあるから、我の首を持って飛竜たちに見せつければ、確実に、言うことを聞く」

竜族の強いものに従う、という理念は、よく分かった。

「だから、我の首を取ると、いい」

彼女も分かっているから、目を瞑《つむ》って首を伸ばしている。

だから、俺は、その白くてきれいな頭に、

——ゴツンッ！


一発ゲンコツをくれてやった。

「っ!?」

ヘスティは驚いたように目を見開いた。

軽く涙目になっている。

「これは俺と、サクラに迷惑かけたバツだ」

「痛い……」

ヘスティは頭を押さえて震えている。

そりゃあ、相当な力を込めたんだ。

痛いと思ってもらわないと困る。ただ、

「よし。じゃあこれで、ケジメ終了な。あとは許す！」

「え……」

「お前にも事情があったんなら、そりゃあ仕方のないことだ。だから、迷惑をかけた分だけ怒って、終わりだよ」

俺の家も傷ついたが、ヘスティも十分傷ついた。

彼女の体も見るからにボロボロだ。だから、これで終わりだと言いきった。

だが、ヘスティは俺の判断に目を白黒させている。

そんなに驚くことなのだろうか？

「そ、そんなの、竜の常識じゃない……」

俺は人間だからな。竜の常識なんて知ったことじゃない。

というか、そもそもを言えば、だ。

「ヘスティ。困っているならそう言ってくれ。せっかく話すチャンスがいっぱいあったんだから、相談しろよ」

最初から相談があれば、こんな戦いなんてしなくてよかったかもしれないんだ。

「相談……？　でも、我、やり方分からない」

「それを含めて聞けって言っているんだ。困った時に近所の奴に頼るのは、悪いことじゃないんだから」

そういうのはお互い様だ。

こっちが困った時は助けてもらうし、向こうが困ってるなら、俺も助ける。

それが近所付き合いというものだ。

……俺はあんまり、そういうのは好きじゃないんだが……。

それでも、今回は胸を張って言える。

「困ったなら頼ってくれ、ヘスティ。何でも力になれるわけじゃないけれど、少なくとも話くらいは、聞いてやれるからさ」

「……ん」

ヘスティはこくりと、小さく頷いた。

これにて、近所迷惑な飛竜との決戦は幕を閉じた。

「――あ、でも、家の周りが汚れたのは確かだから、片付けは手伝えよ」

「う、ん、すまなかった。手伝う」

そして俺たちは、仲直り代わりの事後処理を開始した。

白の月　48日　午後1:06

——竜の襲撃は、解決した。

解決できたのは、彼のおかげだ。

彼のおかげで解決できたことを知っているのは、

街の有力者も含めて沢山いる。

だからお礼を言いたい。

いや、お礼だけでは足りない。彼のことをもっと知りたい。

——『彼』ではなく、その名前を知って呼びたい。

今日のような命の危機を感じて、初めて思った。

やりたいことをやらずに後悔したくない。

だから、彼と話す機会を設けよう。

彼に、近づくために。

Deianeia

Chapter 7

ドラゴンといっしょ

荒れた家の周りを片付けている最中、ヘスティが腰の辺《あた》りを引っ張ってきた。

「なんだ？」

「杖《つえ》、壊れてる」

「え……」

言われて、腰の辺りを見れば、白くてきれいな杖が半《なか》ばから折れかけていた。

「うわ、マジだ。さっきのゴーレム百体召喚《しょうかん》の時に、ミシミシっていってたんだよな」

「やはり、主様《あるじ》の魔力に耐え切れなかったようですね……」

なるほど、サクラが言ったとおりになってしまったのか。

しかし、いくらヘスティが原因とはいえ、貰《もら》った翌日にぶっ壊してしまうとは、若干《じゃっかん》申し訳ないな。

だから、スマン、と謝《あやま》ろうと思って、ヘスティを見ると、彼女は唖然《あぜん》として口を開けていた。

「嘘《うそ》……我《われ》、かなりの力を込めて作ったのに。鋼鉄《こうてつ》の剣で殴っても、割れたりしないはずなのに……」

「あ、やっぱりこの杖、ヘスティが作ったのか」

「そう。我、一応、杖の職人免許《めんきょ》、持ってるから」

「マジか」

免許とかがあるのか。

「旅していた時に、食いぶち稼《かせ》ぎの一環《いっかん》で取った。他にもいろいろ登録したりして、様々な称号《しょうごう》を持ってる。魔法使いのランクとかも、そこそこの立場にいたことがある」

「へえ……本当に人生経験が豊富なんだな」

どれくらい長く旅をしてきたのだろう。

竜王というからには、きっと見た目どおりの歳《とし》じゃないんだろうな。

「それにしても……これは我の、竜王の尾骨《びこつ》を用いた杖。だから物凄《ものすご》く頑丈《がんじょう》……な筈《はず》なのに、こんな状態になるなんて、思わなかった」

悲しい、というよりは、不思議そうな顔をしているヘスティ。

この杖には、よほど異常な力がかかったみたいだな。

「でも、どうするかな。これがないと、魔法鍵《スペルキー》が使えないんだよな？」

「ん……触媒《しょくばい》がないと、基本的には、無理」

やっぱりか。となると、新しく覚えた技術が無駄になってしまうな。

魔法鍵は便利なので、日常的に使っていきたかったのだが。

これは困った。

そう思っていると、ヘスティが首を傾《かし》げて俺の顔を覗《のぞ》き込んできた。

「この杖がないと、困る？」

「かなり困るな」

「なら、我が直そう」

ヘスティは、俺の腰から杖を抜いた。

そして壊れ具合を確認して、頷《うなず》いた。

「ん、一日あれば、修復できそう。材料は、我の尾翼《びよく》がまだあるし」

「おお、マジか。助かる」

自分の魔力を使って修復できるか試そうとも思っていたが、製作者が直してくれるというのなら、それに越したことはない。

「……困ってるときは、助け合いって言われたから。助ける」

「はは、そうだな。本当に有り難いよ。ヘスティがいなきゃ直せないもんな」

なにせ、杖の作り方も知らなければ、竜王の骨なんて、どこから手に入れればいいのか、分からないしな。

「でも、骨だけなら、我がいなくても手に入れることは、できる。あと六体、この地には竜王がいるから」

へえ、六体もいるのか。結構多いな。

ただ、それでも、

「俺が知ってる竜王は、ヘスティだけだし、俺が知ってる杖職人もヘスティだけだ。だから、ヘスティがいてくれてよかったと、そう思うよ」

「……ん」

ヘスティは少しだけ照《て》れくさそうに顔を背《そむ》けて頷いた。

かわいらしい子である。子と言っていい年齢なのかは分らないけれどさ。

「ともあれ、こうして助け合いができるってのはいいことだ。ヘスティも何か困ってることがあったら、言ってくれよ？」

そう言うと、あー、とヘスティが虚空《こくう》を眺《なが》め始めた。

「どうした？」

「――じゃあ、早速《さっそく》、我も困ってること、ひとつできてた」

「早速か。なんだ？」

「我、住む所がない」

「うん？」

俺はいきなりの発言に耳を疑った。

「住むところがない？」

「ん、なくなった」

「えっと……？　今まで、竜の谷に住んでいたんじゃないのか？」

さっきの話では、そこに自宅があるって話だったが、

「我、負けて、飛竜たちを従える竜王ではなくなった。だから奴《やつ》らの住まう谷には帰れない」

「そんな仕組みなのか、竜の谷って」

「うん、多分、大多数の竜にとって、我は死んだのと同じ扱いになってると思う」

意外と過酷《かこく》だな、竜の弱肉強食主義。

「服は、別の場所にあるからいい。けど、寝床《ねどこ》を見つけないと、夜、野宿しかない。でも、危なくて寝れない」

「へえ、ヘスティみたいなデカイ竜でも、野宿は危ないと思うんだな」

「ん。野宿すると、警戒《けいかい》してるから、ふとした拍子《ひょうし》に竜になってて、ブレスを出しちゃう。だから、周りが危ない」

「ああ、そういう意味で危ないのか」

確かに、竜王が野宿したからって、あの強さがあれば命の危険はなさそうだ。

「寝床があると、竜にならなくて済むのか？」

「ん、……安心感あれば大丈夫。警戒しながら寝ると、竜になりやすい。だから、どこか住める所があれば、紹介してほしい。金は、どうにかなる」

なるほどな。

ちゃんとした寝床が必要になるのか。

でも、俺は街の宿屋なんて知らないんだよな。

宿泊場所があるのかどうか、また家を買うのに何が必要なのかもわからない。

そういうことは魔女姫が来たときに聞けばいいのだが、住処《すみか》は今すぐ必要なのだし。

「……って、そうだ」

「？」

良いことを思いついた。

「サクラ。ちょっと話があるんだけど……」

「ヘスティちゃんをこの土地に住まわせる、という話ですか？」

「おおう。よく分かったな」

今、そのアイデアを思いついたばっかりだから、サクラに相談しようとしたのに。

「主様は優しいですからね。そういうのは想定内です」

「じゃあ、改めて聞くけど、ウチに住まわせてもいいか」

「私は、主様の所有物なので、主様の思うようになさってください」

「ああ、いや、ここら辺って魔力が濃厚だろ？　だから住まわせても大丈夫かな、と」

聞くと、サクラは僅《わず》かに目を伏せて考えてから、頷いた。

「そうですね……。おそらく、ヘスティちゃんの魔力量なら特に実害もないでしょうし、いいのではないかと思います。……本宅は流石《さすが》に危険ですが」

「おお、そうか」

なら、決まりだ。

「というわけだ。ウチに住めよ、ヘスティ」

「いいの……？」

「おう、家主も家自身もいいって言ってんだから、いいんだよ」

空《あ》き部屋も空き小屋も、かなりある。

使い道に困っていたくらいだから、ちょうどいいだろう。

「ん——それじゃあ、よろしく、おねがい、します」

「おう、よろしくな、ヘスティ」

こうして、俺は新たな同居人、いや、同居竜を得たのだった。


夕方。

家の周辺の灰《はい》を片付け終わった頃。

「すごい」

ぽつり、と丸太の上で休憩《きゅうけい》しているヘスティが呟《つぶや》いた。

「何が凄《すご》いんだ？」

「この地、すごい。半日、作業して、リンゴを食べただけでここまで魔力が回復するなんて、びっくり」

そういえば、ヘスティの髪の毛とか、肌《はだ》とか服とか、さっきまではボロボロだったのに、いつのまにか綺麗《きれい》になっている気がする。

「ん、魔力スポットの力。ここで過ごすだけで、魔力が回復する」

「そんな効果があるのか」

「回復して、体の方にもいきわたったから、全身を修復できた。……我の知ってる、どの魔力スポットよりも強力」

興奮《こうふん》してヘスティは言ってくる。他を知らない俺としては、実感しにくいんだけどな。

俺はかなり消耗《しょうもう》していて、空腹状態になってきているし。

ここにいるだけで、回復してる実感がない。

「……アナタは、もともとの魔力量が桁違《けたちが》いだから仕方ない」

「すごく突き放された気がするぞ、ヘスティ」

「事実。我と比べちゃダメ。アナタは、もっと上の存在と比べないと比較にならない。だから、これは、必然」

言い切られてしまった。

褒《ほ》められているんだか、呆《あき》れられているんだか分からない感じだ。

「ま、いいや。少しでも空腹感を埋めるために、俺もリンゴかじるか」

と、リンゴ畑の端っこに行って、新鮮なものをもぎ取ろうとしたときだ。

「すまない、今、時間を貰っていいだろうか」

やけにきちんとしたドレスを着込んだ、ディアネイアが訪ねてきたのは。

その日のディアネイアは、魔女というよりは、お姫様っぽいドレス姿でやってきた。

「んお？　どうしたディアネイア。そんな気合いを入れた服を着て」

「気合い……正装と言ってほしかったが、まあいい。貴方《あなた》に話が、あるんだが、聞いてくれるか？」

「なんだよ。今日はもう疲れているから、手短に頼むぞ」

ゴーレムや同居人の手を借りたとはいえ、家の周りを全部片付けたのだ。

眠くはないが、腹も減っている。

「……随分《ずいぶん》と派手《はで》な戦闘をやった後だからな」

表面が黒く煤《すす》けた我が家を見て、ディアネイアは目を伏せた。

「すまない。私の気遣《きづか》いが足りなかった。これだけの戦闘があった日だ。もう少し時間を空《あ》けて伺《うかが》うべきだった」

いや、俺は戦闘をやったから疲れているわけじゃないのだが。

まあ、似たようなものなので、流しておこう。

「ただ、お願いがある。地脈《ちみゃく》の男よ。充分に休んだ後でもいい。今夜、私の街に来てくれないだろうか？　貴方を表彰《ひょうしょう》させてもらいたいのだ」

ディアネイアは頭を下げてそう言ってきた。

しかし、表彰だって？

「俺の何を表彰するって？　俺は何にも、あんたたちに褒められるようなこと、してないんだけど」

「……貴方は英雄なのだ。我々を、あの王都プロシアを、巨大な白焔の飛竜王から救ったのだから」

「はい……？」

救った覚えは一切ないんだが。

どういう理解をしたらそうなったんだよ。

「あれだけ巨大な竜が戦闘していると、街の方からも丸見えで、貴方は傍《はた》から見たら巨大竜から街を守った英雄。救世主なんだ。少なくとも、我ら、街を治めるものはそう思っている」

ああ、そういう見方になるのか。

こっちは家を潰《つぶ》されるかどうかの瀬戸際《せとぎわ》でそれどころじゃなかったんだが。

俺は俺のために戦っただけだし。

「だが、結果的には救われた。それは事実で、この気持ちを、どうか表現させてほしい。少なくとも、我々、街の上層部はそう思っている」

俺は、貰うものは貰っておくスタイルでここまできたわけだが、さて、どうしたものか。

正直、あまり街には行きたくない。

もう遅い時間だし、家の周りでやることは残っている。

腹も減っているし、それに、

「表彰って、具体的に俺は何を貰えるんだ？」

表彰をされるメリットがよく分らない。

「え、えー……っと、街の中で使える特権の付与《ふよ》、などだな。貴方がもし、ふらりと街に来た場合でも厚遇《こうぐう》を受けられる措置《そち》をとろうと思う」

それは、あんまりいらないなあ。

街にはほとんど出ないし。

「ほかには？」

「う、ううむ……単純に名声と栄誉が手に入れられて、この都市近辺でなにかと融通《ゆうずう》が利《き》きやすくなる、ということくらいか」

融通ねえ。

これもまた、ほとんど家から動かない俺からすると、判断が難しいところである。

「明日じゃダメか？」

「うう……大変申し訳ないのだが、できるなら今日、その体から溢《あふ》れる魔力が収まった状態で来てほしいのだ」

へえ、かなり魔力を使ったのに、まだ溢れているのか。

「今でも充分、濃厚な魔力が溢れているのだが、いつもよりはマシだ。いつもどおりの魔力を放出した状態でこられると、城内がお漏《も》らしカーニバルになりそうでな……」

「それは……嫌だな」

「私も嫌だ。というか、絶対に、私が一番先に漏らす……」

というか、なんだ。

もしかして俺は、元気いっぱいの状態だと、街に行っただけで周囲にお漏らし癖《ぐせ》を発症させるのか？

なんて面倒《めんどう》くさいことになっているんだ。

……まあ、普段は家から出ようとも思わないから、いいけどさ。

「そういうわけで、今がチャンスなんだ。本当に短時間でいいので、私の街に来てくれないだろうか。頼む……」

そう言って、ディアネイアは頭を下げてきた。

まあ、そうだな。街での特権や栄誉、二つとも貰っておいても損《そん》はなさそうだ。

始まりはいざこざがあったが、今の彼女たちとは敵対しているわけでもないし。

短時間で終わるのなら、行ってもいいのかもしれない。

「その表彰というのは、本当に、すぐに終わりそうか？」

「う、うむ！　私が移動の魔法を使うから、すぐ移動できる！　そして上層部や街の有力者と会話するだけだから、すぐ終わるぞ！　帰りたいと思ったときは、即座に帰ってもらって構わない！」

やたら熱心に誘ってくるが、本当に早く終わるらしい。

「ふむふむ……移動の魔法とやらは、以前から見ている一瞬で移動するあれか？」

「う、うむ。私の得意魔法の一つだ。行って帰っての二回くらいは余裕で使える」

そうか。ならば、移動時間の心配はしなくてもいいか。

そして、帰りたければ帰ってよし、と。

なるほど、その条件ならば、まあ、少しだけ顔を出してもいいかもしれない。

夕飯まで、もう少し時間はあるし。

「分かった。今から夕飯までの間、日帰りでよければ行こう」

「あ、ありがとう！　恩に着る……！」

ディアネイアはこちらの両手をぎゅっと握り、祈るように掲《かか》げてきた。

なにをそこまで有り難がっているのか分からないが、とりあえずそのままにしておこう。

……まあ、一度は街を見ておくのも悪くはないだろうしな。

などと思っていたら、

「ね」

ぐい、と俺の腰にタッチしてくる影があった。

「我も、ついでに、行っていい？」

戦闘後、真っ白な服を着直したヘスティだ。

「街にか？　何か用でもあるのか？」

「杖の素材、街に隠してある。それ、手にしておきたい」

ああ、杖の材料を持ってくるためか。

なら、ちょうどいい。

「ディアネイア。この子、連れて行ってもいいか？」

ヘスティの頭にポンッと手を置いて尋《たず》ねると、ディアネイアは驚いたような目で、ゆっくり頷いた。

「べ、別に構わないが……そ、その子は何だ？　貴方ほどではないが、かなりの魔力を感じる。貴方の連れ子か何かか？」

顔も種族も違うのに連れ子なわけがあるか。

「連れ子ではない。けど、同居人ではあるな」

「そ、そうか。同居か！　……貴方の家には同居できるようなスペースがあるのだな」

ディアネイアは俺の家とヘスティを交互に見やっているが、普通に分かるだろう。

というか、なんでそこまでジロジロと、俺の家を見てるんだ。

そんなに焼け焦《こ》げた塔が珍《めずら》しいのか？

「あ、いや、気にしないでくれ。ちょっと広そうだな、と思っただけだ」

「はあ。そうかよ」

「で、では、これから移動の魔法の用意を始める。準備はいいか？」

準備か。ああ、そうだ。

サクラに声をかけておかねば。

「サクラー、それじゃあちょっと行ってくるから、夕飯の準備頼むわ」

「はい、かしこまりました」

家のほうに声を飛ばすと、サクラの柔《やわ》らかな声が返ってきた。

よしよし、これで準備は万端《ばんたん》だ。

「よし、いいぞディアネイア」

「で、では、移動を開始する。地の距離は縮《ちぢ》めて無にする——《テレポート》！」

呪文《じゅもん》を唱《とな》えつつ、俺の体とヘスティの体を摑《つか》んだ彼女は、その場から移動する。

こうして俺は、魔女姫のエスコートにより、初めて、街に向かうのだった。

目を開けると、そこは大きな広間の二階席だった。

豪奢《ごうしゃ》な飾りのついた手すりの下には、様々な服装をした人がいる。

しかも、一人だけじゃない。

「客人の到着だ！」

「救世主様だ！」

「我が街の英雄がいらっしゃったぞ！」

なんだか、大勢にめちゃくちゃ歓迎されていた。

下のフロアは、大騒ぎである。

「あの……なんなの、この人たち」

「この街の有力者や、高ランクの冒険者たちだ」

へえ、そんな人たちが集まってるのか。でもさあ、

「救世主様……！　ありがとうありがとう……！」

「酒だ！　ウチの酒をもってこい！　あの命の恩人にふるまわねば！」

拝《おが》んでいる人や、涙を流している人もいるんだけど。

なんでこんなお祭りみたいな騒ぎになってるんだ。

文字通り、祭り上げられている気分になるんだけど。

「だから言っただろう？　貴方は街を救ったのだと」

「全く実感がないんだけどなあ」

俺は家を守っただけだし。

「白の竜王と飛竜《ひりゅう》たちは、この王都の僅か数キロのところまで来ていたのだ。死を覚悟していたものも多い」

ああ、なるほど。ここからでも見えたって言ってたな。

そんな状況になっているとは思いもしなかったけど。

「ここにいる者の大半は、森の一部を灰にする、竜王のブレスを見ていたからな。大混乱だったさ」

……大混乱に陥《おとしい》れた輩《やから》は、今俺の隣にいるわけだが。

「ん？　なに？」

これは、話さない方がいいんだろうか。

そんなことを思っていると、ヘスティは、人の集団の反対側。人気《ひとけ》の全くない、部屋の奥にある窓を見ていた。

「それじゃ、我、あの窓から外に行ってくる」

「ああ、そういや、杖の材料、取ってくるんだっけか？」

「ん、数分で、戻る」

「そうか、じゃあ、行って来い」

「では、いってきます」

そう言って、ヘスティは二階の窓から飛び出していった。

「……いいのか、あの子を一人で行かせてしまって。城の周囲は治安がいいとはいえ、もうすぐ夜だ」

「ああ、平気だろ」

この街を大混乱に陥れた竜王だし。

むしろ、彼女に何かあったら、街の方が良くない状態になると思う。街で暴れたりはしないと言っていたけどさ。

「そうか。貴方がいいというのならば、構わないのだが……ともあれ、こちらへ来てくれ」

ディアネイアは俺を部屋の奥に誘う。

先ほど、ヘスティが出ていった、人気のない奥の方だ。

「ん？　そっちで表彰をやるのか？」

「ああ、最初は下でやろうかと思ったが……思った以上に民衆が熱狂しているのでな。混乱を避けるために、私と、魔法騎士団長が代表して、貴方を表彰しようと思う」

そう言ってディアネイアは指をパチンと鳴らした。

すると、一階から、銀鎧《ぎんよろい》姿の中年男性が上がってきて、部屋の扉を閉めた。

その男は俺の顔を見ると、手を伸ばして握手を求めてきた。

「はじめまして。地脈の男どの。私は魔法騎士団団長、オクト、と申します。英雄たる貴方様に会えて光栄です。今後とも、よろしくお願いします」

「おう。よろしく」

手をぎゅっと握ると、その手がブルブルと震え始めた。

顔を見れば血の気が引いており、

「はあ……はあ……」

呼吸も荒くなってきている。

正直、非常に気持ち悪い。

なので手を離して二歩ほど下がると、無呼吸状態から解放されたかのように、オクトは深く呼吸を始めた。

「おい、ディアネイア。この気持ち悪い行為は、何かの儀式か？」

「あ、ああ、すまない！　貴方に直接触れたものだから、魔力に当てられて、体に影響が及んでしまったようだ」

おいおい、握手しただけなんだが。

勘弁《かんべん》してくれよ。

「う、うむ、すまない。やはり、貴方の魔力は凄《すさ》まじいな。消耗していてもこれとは」

見れば騎士団長は、冷汗《ひやあせ》を顔いっぱいにかいていた。

なんだか、猛獣扱いされている気分だ。

「私も、貴方に慣れ過ぎて、一般的な感覚を忘れていた気がする。――大丈夫か、騎士団長？」

ディアネイアはそう言って、オクトに肩を貸そうとするが、

「は、はい、申し訳ありません、姫さま。ですが、いやしくも団長なるこの身。表彰の儀が終わるまでは、この場で立ち続けさせていただきます！」

オクトは、強引に体を立てると、部屋の端でビシリ、と起立した。

さっきまで腰砕《こしくだ》け状態だったのに。すごい気合いだな。

「うむ……では表彰の儀を始めようと思うのだが……地脈の男よ。願わくば、私に、貴方の名前を教えてはいただけないだろうか？」

「え？　なんで？」

俺は別に、地脈の男と呼ばれていても困っていないんだけど。

なんでわざわざ自分の名前を教えなきゃいけないんだ。理由がほしいぞ。

「……私は、貴方の名前を知りたいんだ。二度も私を救ってくれた、貴方のことを知りたい」

ディアネイアは頬《ほお》をほんのり染めながら、そんなことを言ってきた。

俺としては救った覚えなど全くない。

でも、そういうことならば、答えよう。

「俺の名は、『ダイチ』という」

「ダイチ……ダイチか。いい響きだ。まさに、あの地脈の主にふさわしい、そんな響きだ」

久しぶりに自分の名前を名乗った気がする。

褒められて、悪い気分ではないけれども。

「うむ、では、ダイチ殿。これより、表彰と祝福の儀に入らせてもらう」

そして、俺の表彰は始まった。

結論から言うと、俺が今回、得た特典は、

・一億ゴルド
・街の一等地
・好きな時に街に出入りする権利
・好きな時に公共施設を利用する権利

などなど、街での活動を豊かにするものばかりだった。

うん、貰っても損はないから、貰っただけだ。

金も土地もほとんど使わないだろうし、いらないんだけどさ。

森で静かにゆったり過ごしていくつもりだったしな。

「さあ、これで表彰は終わりだ、ダイチ殿。この後、下でパーティーを開こうと思っているのだが、一緒にどうだろうか？」

ディアネイアがそんなことを言い出したのを皮切りに、部屋の外が途端《とたん》に騒がしくなる。

「早く、我らが救世主さまのお顔を見せてくれ！」

「一瞬だけ見たけれど、あんなに素敵《すてき》な人見たことがないわ……！」

「是非《ぜひ》、お目通りを！　一言だけでも、お話しさせていただければと！」

なんて声が、扉の向こうから聞こえてくる。

声だけで分かるが、明らかに人が多い。

さっき見た様子では、物凄い人混《ひとご》みだった。

……うーん。

正直な話、俺はそういう忙《せわ》しない系の飲み会は好きじゃない。

忘年会ですらストレスの原因になるくらいだ。

酒や料理は見知った人と、適当に会話しながら楽しみたい。だから、

「俺、あんまりこういうの得意じゃないから、悪いけど帰るわ」

「な、なに!?　お、王城のパーティーに、さ、参加、しないのか？」

「かなり、贅《ぜい》を尽くした料理が並んでおりますぞ!?」

ディアネイアと騎士団長が驚いたように言ってくるが、特に興味がない。

「ああ、贅を尽くしているなら、皆で仲よく食ってくれよ。俺は帰りたい。なにせ……メシの時間だしな」

そう、そろそろサクラが家で夕飯を作り終えているころだ。

帰った頃には温かい食事が食えるだろう。

「う、ううむ、約束だからな。帰りたいというのなら、そうするが……むむむ」

ディアネイアはなにやら口惜《くちお》しそうだ。

なんだ、ディアネイアもパーティーに参加したいのか。

「だったら、俺のことは気にするなよ。俺、歩いて帰るし」

幸いにも森に入れば、俺の家は見える。

そのくらいの高さにはなっている。

だから迷うこともないだろう。

この城の構造が分からないから、出るために多少の道案内は欲しいけれど、基本的には放置してくれて構わない。

「い、いや、そういうことではなくてだな……私は――」

「――ただいま」

なにやら、ディアネイアが言い淀《よど》んでいると、ヘスティが窓から戻ってきた。

その手には、何やら小さな革《かわ》袋があった。

「そっちの用事はすんだのか？」

「うん、もう、大丈夫」

どうやら無事、材料集めは終わったらしい。

「ちょうどいいや。一緒に帰ろうぜ。ディアネイアの奴が、パーティーに参加したいって言うから、徒歩になっちまったけど、大丈夫か？」

ヘスティはこくり、と頷いた後で、俺の顔を見上げてくる。

「平気。でも……それなら、我が変身するから、背中に乗って帰る？」

「お、そんなことができるのか？」

「できる。もう、大分、魔力が戻ったから。歩きよりも、ずっと早いと思う」

「よし。それなら、それで帰ろう。よろしく頼むわ」

「ん」

ヘスティはもう一度頷くと、窓の外に身を投げた。

――瞬間、その体は変化する。

白く綺麗な竜の体に。

ただし、サイズは、かなり小さくなっているが。二メートルくらいの体軀《たいく》しかない。

「なんか、小さくね？」

朝に見たものの、十分の一程度だ。

もっと威圧《いあつ》感ある見た目をしていたろうに、なんでこんなに可愛《かわい》くなったんだ。

「まだ魔力が回復しきっていないから、体の構成を圧縮している」

「へえ、大きささを変えられるのか」

「できない竜王もいる。我の場合、色々な技術を使ってるから、特別」

便利だな、ヘスティの体。

それでも、俺一人が乗れるくらいには大きいんだけどさ。

「んじゃ、乗るぞ」

「ゆっくり、ね」

言われた通り、ゆっくり背中に足を乗せてみたが、十分な安定感がある。

背中に小さく生《は》えた鱗《うろこ》の突起《とっき》に摑《つか》まれば、落ちることもないだろう。

「おお、すげえ。俺を乗せて、空を飛べるんだな」

「我、飛竜だからね。当然」

当然と言いつつ、ヘスティは胸を張る。

褒められたことが嬉《うれ》しいらしい。

可愛いので撫《な》でてやると、更《さら》に喜んで胸を張った。

「さて……それじゃ足もできたことだし、俺らは帰るぞ」

と、ディアネイアたちに声をかけようとした。

だが室内にいた、騎士団長と、ディアネイアは、その場で腰を抜かしてへたりこんでいた。

「そ、その姿は、まさか……!?」

「あ、貴方は、は、白焰の飛竜王を……従えている、のか……?」

ああ、しまった。ヘスティのことは話してないんだった。

……でも、もういいか。

今のうちに話してしまえば、特に問題もない筈だ。

「そこまで怖がる必要はないぞ。なあヘスティ。この街に被害を与える気とかはないんだよな?」

「ん？　もちろん、ない」

「だそうだ。だから大丈夫だ」

ディアネイアにそう言うと、彼女は恐る恐る頷いた。

「そ、そうか。それは良かった」

「じゃあ、そういうことで。俺はあの家に直帰するから」

「あ……ま、待ってくれ、ダイチ殿。まだ、私は、儀礼的なことしかしていない。貴方に助けてもらったお礼を言っていない……！」

そんなことを言われても、やっぱり俺は助けた覚えなんてない。だから、

「それは、俺が俺の意思でアンタを助けた時まで、取っておいてくれよ。――またな、ディアネイア」

挨拶《あいさつ》を終えた俺は、ヘスティと共に、空を飛んだ。

愛《いと》しの我が家に、帰るために。

王都の空を、白い竜は駆け抜けていく。

夜の闇《やみ》の中でもその色は目立つ。

ある者は、空を見上げた瞬間に、それを見た。

風を切り裂く速度で突き進む白い竜を。

ある者は、酒に酔った目で見た。

王城から森の彼方《かなた》に、白い竜が飛んでいく姿を。

後日。

魔女の都市、プロシアには白の竜が住んでいる。

そんな噂《うわさ》が、都市全体や、周辺国に流れていくのだった。


俺たちが自宅に到着したのは、完全に日が落ちた頃だった。

月明かりに照らされるリンゴ畑に舞い降りたヘスティは、そのまま人間の姿に戻る。

ヘスティは本当に速かった。ほんの数分で、城からこの家に戻ってこれた。

「ありがとよ、ヘスティ。助かった」

「ん……」

礼を言いながらヘスティの方を見ると、彼女は力のない声で頷いた。

そのまま、目をゴシゴシと擦《こす》っている。

「あれ、どうしたヘスティ？」

「朝の戦闘から、ずっと、起きてたから疲れた……眠い……」

「おお、マジか」

ヘスティは睡眠欲で回復するタイプのようだ。

眠そうな顔でふらふらしてる。

「体力の方も、ちょっと、限界……」

朝から動きっぱなしだったのもあるのか。

もしくは、体力は見た目通りなのか。どちらにせよ辛《つら》そうだ。

「……アナタの体力が、化物《ばけもの》な、だけ……。我以上に消費してるのに、魔力スポットだけで、回復してるみたいだし、その体、おかしい……」

竜におかしい扱いされるとは思わなかった。

俺だって疲れるときは疲れるし、倦怠感《けんたい》もあるんだけどな。

「……我、もう、寝たい。どこか、空き部屋、借りていい？」

「それは構わないが、メシは食わないでいいのか？」

「ん……」

ああ、もう半分くらい目が閉じている。

これはもう、メシが食える状況じゃないな。

さて、しかし、どこを使わせたものか。自宅の塔が目の前にあるけれども、

……空き部屋には家具とかなにもないしな……。

また、ヘスティ自身が炎をぶちまけたせいで、内部がどうなっているのかも分からない。

「どこが使いやすいかね」

と、考えていると、ヘスティがリンゴ畑の外れを指差した。

そこには、小屋がある。

離れというには少々小さめの、木造の平屋だ。

「あそこの小屋を借りたい。……いい？」

「いいけど、結構狭いぞ？　家具とかも全くないし」

中には電灯と、木の床と、木の棚があるだけの小さな小屋だ。

何日か前に建ってから、一度覗いただけで、使ってもいない場所である。

そんなところでいいのだろうか。

「……大丈夫。雨風をしのげれば、我、満足」

ヘスティは、本当に最低限の機能しか求めていないようだ。

「あと、杖を作るのに工房のスペースもいるから、使わせてもらえれば有り難い。それも、いい？」

「そうか。そういうことならオーケーだ」

ただ、一点、気になることと言えば、

「この辺、モンスターとか来るけど、平気か？」

ここは家の庭の外れだから、たまにやってくるモンスターに一番ぶつかりやすい地点だ。ゴーレムがモンスターをぶっ飛ばすのもこの辺りが多いし。

「我、そこらへんのモンスターに、負けたりしない」

「それは心配してないんだ」

ヘスティは見た目以上に強い。だから、ゴーレムに吹っ飛ばされるようなモンスター程度に

は楽々勝てるのは分かる。ただ、

「ここで寝ると、竜になったりしないか？」

「んー……」

モンスターを警戒して、竜の姿になられると小屋が壊れそうな気がする。

離れの小屋だから俺の寝床が壊れる心配はないし、サクラもほんの少し壊れるくらいは大丈夫だと言っていたけれど。

それにしたって、頻繁《ひんぱん》に壊されるのは困るだろう。だから聞いたんだ。

「……とりあえず、我の魔力が重圧になるから、モンスターは避けて通ると思う。一応、竜王の技《わざ》に、そういうの、ある」

「へえ、凄いな」

「ん。それでも来たら、自動の魔法で対処する。できるだけ、室内では、竜の姿にならないようにする。どうしても、竜になる時は、外でなる」

そうか、そこまで考えてくれたのか。

それなら大丈夫だろう。

思慮《しりよ》深《ぶか》い彼女が家の門番になってくれるのであれば、俺も助かる。

「ん。それじゃ……我、寝るね。お休み」

言って、ヘスティは小屋の中に入った。

やはり、前見た時と変わっておらず、電灯と木の床しかない。

そんな小屋の中心で、ヘスティは、体を丸めて床に横たわった。

「……くぅ……」

そしてすぐに寝息を立てた。

子犬のような眠り方で、微笑《ほほえ》ましいな。竜だけど。

だが、このままというのも可哀相《かわいそう》なので、上着を脱いで彼女の体にかけてやる。

すると、やはり肌寒かったのか、

「ん……」

眠りながら、俺の上着に包《くる》まりはじめた。

器用な寝相《ねぞう》だ。

あとで毛布でも持ってきてやろう。

「……さて、俺も家に入るか」

ヘスティの小屋の戸を閉めた俺は、自宅の塔に入る。

一階のゴーレム保管庫を抜けて、魔力で動くエレベーターに乗り、辿《たど》り着いた最上階のドアを開ける。するとそこでは、

「お帰りなさい、主様」

サクラが、笑顔で出迎えてくれた。

「ただいま、サクラ」

「ご飯、できていますけれど、お風呂《ふろ》にします？　それとも……わ、私で、魔力を回復しっ、しししますか？」

サクラは顔を赤くしながら冗談っぽく言ってくる。

冗談で照《て》れるくらいならもう少し上手《うま》く言えばいいのに。

ともあれ、今は、空腹だ。

「うん。じゃあ、先にメシを食べて、それから風呂でゆっくりするよ」

「は、はい。では、準備してきますね」

俺の答えを受けて、サクラは台所へぱたぱたと戻っていく。

その後ろ姿を見ていると、思うのだ。

「やっぱり我が家が一番だな」

あとがき

『俺の家が魔力スポットだった件　～住んでいるだけで世界最強～』を読んでいただき、ありがとうございました。

著者の『あまうい白一《しろいち》』です。

本作は、召喚《しょうかん》された時点で最強な主人公が、外敵をモノともせず自宅でまったり暮らしていく、タワーディフェンスチックなスローライフという内容になっております。

……まあ、ディフェンス側の能力が異常なまでに高いのと、ディフェンスしている土地そのものが強すぎるので、ストレスなど一切《いっさい》ないのですが。

そもそも、主人公たちが自然体でやりたいように過ごしているだけで防衛《ぼうえい》できてしまうのですが、それは気にしない方向でお願いします。

また、主人公の自宅が召喚された地点が割と物騒《ぶっそう》な地域なので、これからも厄介《やっかい》な問題が転がり込んできます。

今回だけでも、魔女、人狼《じんろう》、ドラゴン、その他モンスターと、千客万来《せんきゃくばんらい》でしたが、まだまだ魔力スポットを目指すモノは沢山《たくさん》いますからね。

そんな厄介なモノゴトを主人公であるダイチが、最強の魔力で軽快に吹っ飛ばして、マイペースな日常を送っていく様子を楽しんでいただければ嬉《うれ》しいです。

クーラーも暖房も効《き》く部屋で、ゴロゴロとしているのが好きな、出不精《でぶしょう》の主人公ですが、やる時はやってくれますから。

今後もダイチは、庭の拡張から、新たな装備の作成など、どんどん自宅を強化していくことでしょうし、その変化もお楽しみいただければ幸いです。

そして、今更《いまさら》ですが、本作品についてのご説明を。

既《すで》にご存知の方はいらっしゃると思いますが、『魔力スポット』は「小説家になろう」というWEBサイトで連載されていた作品です。

発表したのは二〇一五年の十二月二十一日からなので、およそ半年前ですね。その日から毎日一話ずつ、連載させていただいております。

今回の書籍化にあたり、文章の方にはかなり手を加えております。

基本的には連載時に分かりづらかった部分の補完や手直しなどで、ところどころ、WEB版との違いがあったりします。

連載してから半年の間、ユーザーの皆様に応援していただいたおかげで、こうして書籍化に至《いた》ることができました。この場を借りて感謝の言葉を載《の》せさせていただきます。

また、ここからは少しだけ、宣伝をさせてください。

「小説家になろう」のあまうい白一のページからは、連載している小説へアクセスすることができます。

二次元バーコード、またはＵＲＬの方からどうぞ。

現在、連載している作品は以下の三作品です。

・『俺の家が魔力スポットだった件　～住んでいるだけで世界最強～』

本作です。現在も定期的に更新しております。

・『ログインボーナスでスキルアップ　～寝て起きて成り上がる～』

魔法使いという人材が貴重な世界で、寝て起きたら、魔法を一つゲットしている主人公のお話です。

・『賢者の嫁　～ステゴロ賢者が魔族の学園に入った結果～』

　人間の賢者である主人公と、魔族（モンスター娘）によるラブコメディです。蛇娘とか、羊娘とか、犬娘とか色々出ています。

（あまうい白一のページ）↓

(http://mypage.syosetu.com/420236/)

　最後に謝辞《しゃじ》を。
　鍋島《なべしま》テツヒロ先生、可愛《かわい》いサクラやディアネイア、格好《かっこう》いいヘスティのイラストをありがとうございます！　ドラゴンやウッドアーマーのデザインは、一目見ただけでほれぼれとしてしまいました。
　担当編集の山本《やまもと》様。たくさんのお力添え、サポートをしていただき、ありがとうございました。少しでも、そのご期待に応《こた》えられていれば幸いなのですが——これからもより一層、頑張って書いていきます！

ダッシュエックス文庫編集部の皆さま、関係者の方々、そして何より、ここまで読んでいただいた読者の皆様に心からの感謝を。本当に、本当にありがとうございました。

またお会いできれば幸いです。

それでは。

平成二十八年　初夏の真昼間　あまうい白一

「俺の家が
魔力スポットだった件」
お買いあげいただきを
ありがとうございます!

この作品の感想をお寄せください。

あて先　〒101-8050　東京都千代田区一ツ橋2-5-10
集英社　ダッシュエックス文庫編集部　気付
あまうい白一先生　鍋島テツヒロ先生

ダッシュエックス文庫

俺の家が魔力スポットだった件
～住んでいるだけで世界最強～

あまうい白一

2016年6月29日　第1刷発行

★定価はカバーに表示してあります

発行者　鈴木晴彦
発行所　株式会社　集英社
〒101－8050　東京都千代田区一ツ橋2－5－10
03(3230)6229(編集)
03(3230)6393(販売／書店専用)　03(3230)6080(読者係)
印刷所　凸版印刷株式会社

ISBN978-4-08-631123-6 C0193

ダッシュエックス文庫

英雄教室
新木 伸
イラスト／森沢晴行

元勇者が普通の学生になるため、エリート学園に入学!? 訳あり美少女と友達になり、ドラゴンを手懐けて破天荒学園ライフ満喫中！

英雄教室2
新木 伸
イラスト／森沢晴行

魔王の娘がブレイドに宣戦布告!? 国王の思いつきで行われた「実践的訓練」で王都が大ピンチに!? 元勇者の日常は大いに規格外！

英雄教室3
新木 伸
イラスト／森沢晴行

ブレイドと国王が決闘!? 最強ガーディアンが仲間入りしてついにブレイド敗北か!? 元勇者は破天荒スローライフを今日も満喫中！

英雄教室4
新木 伸
イラスト／森沢晴行

ローズウッド学園で生徒会長を決める選挙を開催!? 女子生徒がお色気全開!? トモダチのおかげで、元勇者は毎日ハッピーだ！

ダッシュエックス文庫

クロニクル・レギオン
軍団襲来
丈月 城
イラスト／BUNBUN

クロニクル・レギオン2
王子と獅子王
丈月 城
イラスト／BUNBUN

クロニクル・レギオン3
皇国の志士たち
丈月 城
イラスト／BUNBUN

クロニクル・レギオン4
英雄集結
丈月 城
イラスト／BUNBUN

皇女は少年と出会い、革命を決意した――。最強の武力「レギオン」を巡り幻想と歴史が交叉《クロス》する！　極大ファンタジー戦記、開幕！

維新同盟を撃退した征継《まさつぐ》たちに新たに立ちはだかる大英雄、リチャードI世。獅子心王の異名を持つ伝説の英国騎士王を前に征継は!?

特務騎士団「新撰組」副長征継VS黒王子エドワード、箱根で全面衝突！　一方の志緒理《しおり》は、歴史の表舞台に立つため大胆な賭けに出る!!

臨済高校のミスコンに皇女・志緒理、立夏《りっか》までが出場することになり!?　しかも征継不在の隙を衝いて現女皇・照姫《てるひめ》の魔の手が迫る!!

ダッシュエックス文庫

クロニクル・レギオン5
騒乱の皇都
丈月 城
イラスト／BUNBUN

女皇・照姫と災厄の英雄・平将門が束ねる、"零式"というレギオン。苦戦を強いられる新東海道軍だが、征継が新たなる力を解放し!?

クズと金貨のクオリディア
さがら総・渡 航（Speakeasy）
イラスト／仙人掌

底辺高校生と天使のような女子が、奇妙な都市伝説に挑む!? 大人気作家によるレーベルを越えて広がる新世代プロジェクト第一弾!

孤高の精霊術士
―強運無双な王都奪還物語―
華散里
イラスト／ryuga

弱くてもヘタレでも、誰よりもツイていて偶然を必然に変える主人公が覇道を征く！ 剣と魔法の王道無双ファンタジー、ここに開幕！

孤高の精霊術士2
―強運無双な闇王封印物語―
華散里
イラスト／ryuga

騎士元帥にされたハルキは使者として隣国ランカへ。道中の事故にも持ち前の強運が冴え渡る!? 即重版大反響ファンタジー第2弾!!

ダッシュエックス文庫

文句の付けようがないラブコメ
鈴木大輔
イラスト／肋兵器

文句の付けようがないラブコメ2
鈴木大輔
イラスト／肋兵器

文句の付けようがないラブコメ3
鈴木大輔
イラスト／肋兵器

文句の付けようがないラブコメ4
鈴木大輔
イラスト／肋兵器

〝千年生きる神〟神鳴沢《かなるさわ》セカイは幼い見た目の尊大な美少女。出会い頭に桐島《きりしま》ユウキが言い放った求婚宣言から2人の愛の喜劇《ラブコメ》が始まる。

神鳴沢セカイは死んだ。改変された世界で、ユウキはふたたび世界《セカイ》と歪《いびつ》な愛の喜劇《ラブコメ》を繰り返す。諦めない限り、何度でも、何度でも――。

今度こそ続くと思われた愛の喜劇《ラブコメ》にも、決断の刻がやってきた。愛の逃避行を選択した優樹と世界の運命は…？　学園編、後篇開幕。

またしても再構築。今度のユウキは九十九《つくも》機関の人間として神鳴沢セカイと接することに。大反響〝泣けるラブコメ〟シリーズ第4弾！